Still, she wants to be in love,
happy, even rich.

by Ryu Murakami

村上 龍

それでもわたしは、
恋がしたい
幸福になりたい
お金も欲しい

幻冬舎

それでもわたしは、

恋がしたい

幸福になりたい

お金も欲しい

装幀　平川彰（幻冬舎デザイン室）
イラスト　ＭＩＣＡＯ

目次

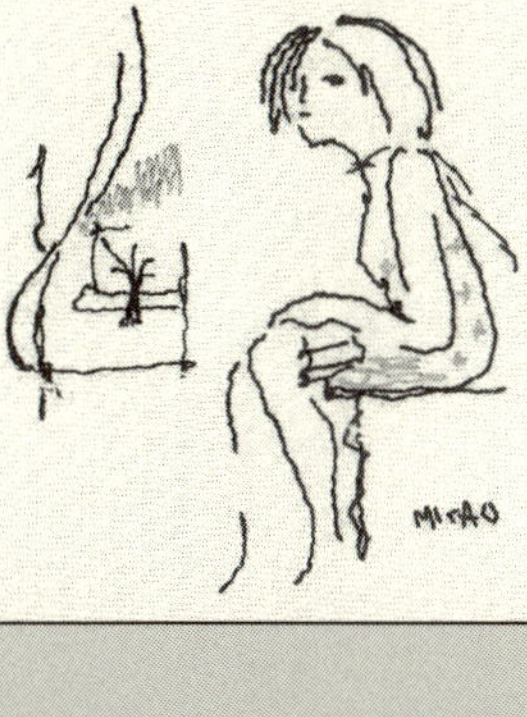

第一章　お金編　お金で信頼は買えないが不幸は回避できる

第二章　仕事編　仕事は充実感を生み生活を支える

第三章　恋愛編　他人のために恋愛するわけではない

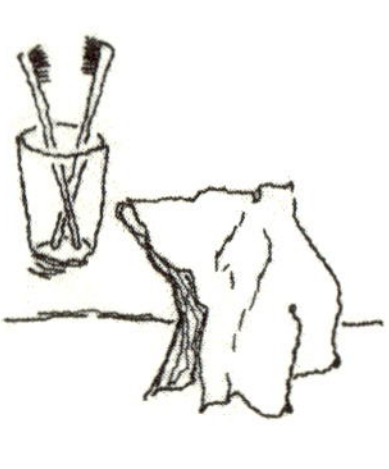

第一章　お金編

お金で信頼は買えないが不幸は回避できる

給料日前に、「お金がない」とまわりの人がいうのを聞いて安心する私

逆に周囲にお金持ちの友人がいると、不安になってくるんです。でも安心してるより、もっと稼げるように努力したほうがいいですよね？（30歳・印刷会社）

お金がないのは自分だけじゃないんだ、ほかにも自分と同じような人がいるんだと思うとホッとするのは、当たり前じゃないですか。誰だって安心するで

しょう。気にすることはありません。

「もっと稼げるように」って、もちろん稼げるのだったら稼ぐにこしたことはないけど、お金を稼ぐというのはそんな簡単じゃない。上司も含めて「お金がない」と言ってるんだったら、お給料も劇的に上がるような会社じゃないのかもしれない。だとすると会社が終わってからバイトをするとか、それこそ水商売とか。方法がないわけではありませんが、そこまでして稼いだほうがいいのか、というのは別問題です。

ただ、お金持ちが周囲にいると不安になるというのが、よくわかりません。うらやましいとか、ムカつくとか、自己嫌悪におちいるというのなら、それが正しいか間違っているかはべつにして、気持ちはわかる。でも不安になるというのは、車を運転していて大きな屋敷の前を通ったら、ショックを起こして事故を起こす可能性があるとか、そういうことなのでしょうか。それはまずいんじゃないですか。

この人の周囲にはいなくても、お金持ちというのは世の中にはけっこういるものです。高そうな服を着た人とか、高そうな車に乗ってる人とすれ違って、それを実感するたびにドキドキ、ドキドキするのは精神的にもよくありません。そんなときに不安になるのではなくて、きちんとムカつくことができればいいんですけどね。「いつか見返してやるぞ」というような感情は、いいものではないけど、バネになりそうな感じがしますから。

不安になるというと、部屋のすみでヒザを抱えてるような感じがします。ムカつくにもエネルギーが必要なのでしょう。

金持ちを見て
不安になるよりは
ムカつくことができるように
なるといいんですが……

「安い服を着ている」とバカにされるのがイヤでついつい高い服を買ってしまいます

月収20万円、ひとり暮らしです。でもミエを張り、カードで一着4万円の服を買ってしまうことも。人間は中身だという人もいますが……。（28歳・アパレル）

僕は服の値段はよくわかりません。興味がないから。1000円の服か、10万円の服か、わからないこともあります。そう言えばユニクロが登場したころ、ニースで買ったセルッティのフリースを着ていったら、みんなから「ユニクロだろ」と言われた。「30倍くらいしたのに」と、がっかりしました。

最近は、ファッションで収入をイメージするのがむずかしくなっているのではないでしょうか。ボサボサのヘアスタイルの男がじつはすごく有名なDJで、高そうな金の鎖《くさり》をしていたり、穴の開いたGパンの男がポルシェに乗っていたりする。他人のファッションって、そんなに気にならないと思うんだけどな。

いちばんわかりやすいのは中高年のサラリーマンじゃないかと思います。とくに腕時計とコートはわかりやすい。でも安そうなコートを着ていても、「お金がないんだろうな」と思うだけで、「ダメな男だ」とは思いません。高そうなカシミヤのコートを着ていても、「お金持ちなんだろうな」と思うだけで、「すばらしい人だ」とは思いません。

人格に問題があるから貧乏になるわけではないし、金持ちすなわち尊敬できる人物だというわけでもない。「何かの方法でもうかったんだな」と思うだけです。

でも僕はこの人の言うこともわかります。「人間は中身だ」と言われたって、中身なんて見えない。

「中身を磨け」と言われても内臓をタワシでこするわけにもいかない。お金のあるなしで、サービスが露骨に違う。お店の売り子は、買ってくれるかどうかが勝負だから、どうしても客を外見で値踏みするでしょう。お金がないと不自由だということが、実感としてあらわれてきているのでしょう。

僕はユニクロも着ます。だけど、ユニクロも着るというのと、ユニクロしか着られないというのとは、たしかにちょっと違う。そんなときに「人間は中身だから」なんていうのは、無責任です。

非常に貧乏だけど非常に尊敬できるという人は非常に少ない気がします。店員から値踏みされることを気にするのはよくわかります。

それが4万円の服で解消されて気が晴れるなら、ノー・プロブレムじゃないでしょうか。

借金が膨《ふく》らんで破産しそうだというわけじゃないんだし。

他人から見たら、安い服も高い服も大して変わりません

飲み会に3000円払うのがイヤで、会社を休んでしまう私です

実際にお金もないし、「体調が悪い」と理由をつけて、会社自体を休むことも。これって協調性がない行為なんでしょうか。(29歳・金融関係)

知り合いの、非常に優秀で信頼できる金融マンが、会社に就職して何より嫌いだったのが飲み会だったと、言っていました。その人は酒が好きじゃないのに「飲め」と言われたり、ひどい場合は「歌え」と言われたり。いまは会社の

飲み会が嫌いだという人は多いと思います。だから逃げられるものだったら、適当ないい訳をして休んでしまえばいいんです。

本当は「私は飲み会が嫌いです」と言えればいいんだけど、たしかに協調性がないと思われたら面倒なので、「ちょっと病気で……」というぐらいのズル休みは、いいんじゃないですか。

そういう場が嫌いというのではなくて、お金を払うのが嫌いなんですか。お金があれば参加したい？　参加したいのだったら、何とかして3000円を貯めるしかないじゃないですか。

たぶん、あまり好きじゃないというのと、お金がないということの両方があって、厳密にわけることができないのだと思います。行ったら行ったで、どんなファッションで行けばいいのか悩むとか、いろいろと人に気を遣うことになるとか、上司にお酌をしなければいけないとか、様々な理由があるのでしょう。

それらをトータルすると、それほど嫌いじゃないけど3000円を払う価値はないと思っている、ということだと思います。

僕にはよくわからないけど、会社という世界にいると、飲み会も一大事業のようになってしまうから、大変なんですね。

だからそんなにかたくなになる必要はないと思います。

飲み会をサボり続けてもいいし、もしお金に余裕があるときは行ってみて、2次会参加は「ちょっと母の具合が……」とか言ってキャンセルするのでもいいし。

本当にイヤなら、「病気で……」ぐらいのズル休みは許されるでしょう

毎月の美容院代がお給料の1／15です……

1万2000円の美容院代が、月給の1／15と思うと落ち込みます。そんな細かいことを気にしてると、明るさがなくなるような気がします。（27歳・営業事務）

美容院って、そんなに高いんですか。でもしょうがないかもしれない。だらしなくしてたらみっともないし、まさか自分で切れというわけにはいかないし。

うんと田舎の美容院に行けば4000円ぐらい浮くかもしれないけど、時間と交通費がかかってしまうし。収入の1／15がかかっても、美容院に行くことにはそれだけのメリットがあるということじゃないでしょうか。

テレビなどでも日焼けサロンに通う営業マンがでてきたりしますが、企業の名前だけで全部がOKということがなくなり、個人で判断される時代になると、見た目もすごく大事になってくるんです。整形をしたり、貯金を下ろしてスーツにお金をかけたり、無理して高い時計を買ったりする人がでてくるのもそのためです。女性にとって美容院が無駄なものだとはとても言えないと思います。ボサボサの髪でいつシャンプーしたのかわからないというような女より、髪の毛をきちんとしている女のほうがいろんな局面で有利だからです。

明るさが失われるというのは、この人が自分を卑下《ひげ》しているからだと思うんです。たくさん稼いでいる人や、お金持ちの家に生まれた娘はもっと気軽に美容院に行けるのにという、鬱屈感《うっくつかん》のようなものがあるのかもしれない。

ただ、見ばえが大切になった社会では、美容院にお金を使うのはそんなチマチマしたことではない。大切なことなんです。すごく重要なことにお金を使っていると思えば、自分を卑下したり、過小評価したりすることはないと思うんですよ。

美容院代に
月給の1／15の
お金がかかっても
それだけの価値は
あると思いますよ

「1000円貸して」と言われたら村上龍さんはどうしますか？

同僚にお金を借りて返さない人がいて。お金のさいそくをするには引け目を感じるし……。断るにはどうしたらいいのか……。（29歳・食品）

僕に「1000円貸して」と言ってくる人はあまりいないのでよくわかりませんが、昔、知り合いの外国人が日本に住んで、不動産を借りるときに保証人になったら、そいつが家賃を払わなかったために肩代わりをしたことがあります。以来、そういうことはやめようと思ったのですが、実際にあまりお金を貸したという経験自体がありません。かりに信頼している人が「お金を貸してくれ」と言ってきたら、返ってこないものだと思ってあげるとか、そういうことになるのでしょう。

ただしこの場合は1000円という金額が微妙なんでしょうね。月給が20万円だとすると0・5%。イスラム社会には喜捨《きしゃ》という独特の制度があって、それは収入の2・5%を貧しい人たちに差しだすというものです。この2・5%という数字が、いいところをついているなと感心したことがあります。収入100万円に対して2万5000円。だそうと思えばだせる金額であり、かつ貧しい人たちのために自分は何かをしたと実感できる金額でもある。

それに比べて1000円というのは、たしかに何度も「返して」とは言いづらい金額です。借りるほうも、生活に困って借金をするというより、気軽に頼んでヘタをすると借りたことを忘れてしまうような額かもしれません。これが2万円だったら、貸す側にとっても借りる側にとっても、もう少しヘビーでしょう。

でもこの人は1000円の貸し借りを苦痛だと思っているわけですよね。「返して」と言えないということより、そもそも貸したくないと思っている。だとしたら貸さなければいいんです。ケチだと思われるかもしれないけど「悪いけど貸せない」と断る。そこで「しょうがないから、また貸しちゃった」というところからスタートすると、解決のしようがなくなります。

断る勇気を持たないと、一歩も先に進みません。

「貸さない」
という決断をしないと
何も始まらないのです

貯金は、いくらぐらいあれば生きていけるものですか？

会社を辞めたいのですが、貯金がなくてすぐに辞めることができません。実際は、いくらぐらいあればいいのでしょう。（32歳・SE）

僕には経験がないけれど、会社を辞めるというのは大変なことなんだろうと思います。そう簡単に決心がつかないのでしょう。そのとき「もし貯金が50万円あったら……」と、自分で自分の背中を押すような感じがあるのかもしれません。

お金はないよりあったほうがいいのはたしかです。貯金さえあれば絶対大丈夫というわけではないけど、何をするにしてもお金がかかることが多いですから。何か資格を取ろうと思って勉強しようとしてもお金がかかるし、セミナーに行こうと思うとお金がかかる。疲れがとれないから病院に行こうとすればお金がかかり、気分転換に旅行でもするかとなればまたお金がかかります。貯金があればそれだけ選択肢が増えます。

転職しようと思った場合でも、貯金があれば少し余裕をもって転職活動ができるかもしれません。ただ、そのときにいくらあったらいいのかは、人によって異なるでしょう。

でも本当にいまいる会社を辞めたいのだったら、べつに貯金はなくても辞められます。もしとても強力な資格を持っていたり、ほかの人にはないような経験をしてきたり、すばらしいキャリアの持ち主だったりしたら、すぐに新しい仕事が見つかるでしょう。まあそういう人は全体の0・1%ぐらいかもしれませんが。

当座の生活費が心配なのかもしれませんが、若い人だったらアルバイトだっていくらでもある。貯金がないから生きることができないということはないのですが、これも人それぞれとしか言えません。

問題は、どのくらいのレベルでこの人が会社を辞めたいのか、ということです。「貯金がないからもう少し残るか」と思えるぐらいなら、べつに辞めなくてもいいじゃないですか。現状がどのくらいシリアスなのかがわからないと、答えようがありません。最近は深爪したといって救急車を呼ぶ人がいるといいますから。

貯金がなくても、本当にイヤならすぐ辞めてもいいんじゃないですか

親が唯一の財産である実家を売り払ってしまい不安な毎日です

何のとりえもないけど、親の資産でどうにかなるだろうと思っていました。何年かたてば、世田谷の土地はすごいお金になったはずなのに……。(31歳・フリーター)

すごいお金になるというのは、どういうことなんでしょうか。これからインフレになるのでバブルのときのように土地の値段が上がる、みたいなことをイメージしているのかな。それで、両親は確実に土地を相続させると約束していたんでしょうか。よくわからないけど、なんでそう自分の都合のいいように解釈できるんだろう。とりあえずいまは自分の家でもないのに。

　自分にはこれがあるから将来もなんとかなりそうだ、という人生の支えが何もなくて、それが暗黙のうちに両親の家になってしまったのだとしたら、それはすごく危険です。世田谷だろうが銀座だろうが、実家が生きる支えになってしまっているというのは、こういう厳しいご時世だから理解できないこともないけど、リスクが大きいと思います。そういった不確実な希望からは早く脱却しないと。そのことに気がつく機会になるなら、両親が早めに家を売って、案外よかったかもしれません。

　この人は、とりえがないというけど、べつにとりえなんかなくていいんです。たとえば、「私は何のとりえもない医者です」というような人のことを考えてみてほしいんですが、要するに医師免許をとりえとは言わないんですよね。でも食いっぱぐれはないわけです。「何のとりえもないけど中国語とフランス語ができます」ということだったら人生は有利になるということです。

逆に、よく聞く言葉ですが、「マジメなだけがとりえです」「明るいのだけがとりえです」というのはどうでしょう。こういうことを職務経歴書に書いても、面接でしゃべってもあまり効果は期待できないでしょう。

必要なのはとりえではなく生きるための技術、スキル、知識だというミもフタもない社会になりつつあります。家に固執するくらいだから、不動産に興味があるのでしょうか。死んだ子の年を数えるように、自分のものでなくなった家の資産価値なんかをぼーっと考えてないで、不動産や建築関係の資格でもとってみたらどうでしょうか。

強力な
スキル・資格を
身につければ
不安もなくなります

ブランドものへの欲求や、お金持ちに勝つ方法を教えて

雑誌を読んでいてブランドものが載っているとすぐに欲しくなってしまいます。高級品をたくさん買えるお金持ちも羨《うらや》ましくてたまりません。（26歳・経理）

もちろんフーゾクのバイトをしてバッグを買うより、勉強したほうが合理的だ、というのはあるわけですが、それを買うことで気分が晴れたり、生きてい

く希望のようなものが持てるなら、買ってもいいんじゃないですか。

日本人はちょっと損をしてるなと思います。山手線の車両1台に、ルイ・ヴィトンのバッグが最低5個はあったりするわけでしょう。日本ではそれを持っているのが特別なことではないし、お金持ちだとも思われない。でもたとえばイタリアとかは、ヴィトンとかグッチの鞄を持っているのはおばさんかおばあさんです。若い子が何を持っているかというと、同じような素材を使っているけれど有名ではない地元のメーカーがいくつもあって、その中で気に入ったものを使っている。安くてもメイド・イン・イタリーだから、数千円とかで、結構いいバッグがあるんですよ。利潤が少ないから、日本にはそういうものが輸入されていない。

ブランドものを持ってないと、他人よりも劣っていると感じる人がいるというのは信じられないですね。

個人の時代になったということもあるし、人が経済力で判断されるようになったということもあるから、自分をお金持ちに見せたいというのはわかるんです。だけどいいバッグを持っている人が素晴らしい人生を送っているということはありえない。六本木ヒルズに行って、ブランドものを買って、有名レストランでご飯を食べるのが最高だという人生観でいる限り、結局お金持ちにはかなわないです。

格差があるのは、社会主義じゃないからしょうがないです。ただ格差が子や孫に受け継がれてしまうのは問題です。僕はなんども言っていますが、格差はより露骨になって拡がると思います。それを恨んでグチをこぼしながら生きるのか、『13歳のハローワーク』的に、好きなことに出会って努力していくのか、みたいなことでしょうね。

格差を恨んでグチをこぼしながら
生きるのか、好きなことに
出会って努力していくのかを
まず考えることが大事です

給料日前に残高が減っていくと精神的に貧しくなりますね

銀行の口座を見ると落ち込みます。友人は「お金のことを気にしすぎ」と言いますが、たった数万円のことで精神状態が変わるのはなぜ？（30歳・派遣社員）

精神的に貧しくなるというより、不自由になるんです。

いまでも覚えているけど、僕は芥川賞をとるまで、学生で、ずっと仕送りで暮らしていました。賞をとって、本が売れてお金が入ってきたとき、何を思ったかというと、これで自由になった、ということでした。それは所得が増えたからいろいろなものが買えるということでもあるんだけど、たとえば本当にお金がないと、電車にも乗れないわけだから、行きたいところにも行けないということがある。それが不自由なんです。それ以来、会社に勤めたことがないからお給料をもらったことはないんだけど、そういう感覚はみんなにあるんじゃないかと思います。

たった数万円というけど、その数万円で、ご飯が食べられるか、食べられないか、病気になって医者にかかれるか、かかれないか、という違いがでることがある。たとえばいまのレバノンのようなところなら、数万円でキプロス行きの船に乗れるかどうかにより、命を失ったり、救われたりすることが事実としてあるわけです。

お金があることで可能性が広がる。そう考えると、お金が精神状態を大きく左右するのは当然です。だから通帳の残高が減っていくのを見て、窮屈な感じがしたり、不安になったりするのは、全然おかしいことじゃない。そこで悩む必要はないと思います。気にしすぎかどうかは程度の問題で、一日中、預金通帳を見てるというんだったら、それは気にしすぎかもしれませんが。

収入があったぶん、使ってしまう？　残高がゼロになるとまったく落ち着かなくなってしまうというのだったら、多少無理してでも貯めておけばいいじゃないですか、精神状態を安定させるために。

多少無理してでも
残高を残す、という
努力も必要だと思いますよ

同じように1万円使うなら、何に使えば「自分磨き」に有効ですか？

いい女を目指して自分磨きをしています。男と女はどっちがトクなのでしょう。私は女性のほうが戦略的に自分を磨く必要があると思います。そのとき、本と洋服どっちを買えばいいと思います？（26歳・図書館司書）

男と女を比べて、女がトクだと思ったところで人生が突然有利になるわけじゃないし、男がトクだと判断したところで、たとえ性転換をしても、女が完全に男になれるわけじゃない。あまり意味のない比較です。

社会的な公平性ということで言うと、女性には、昔は選挙権がなかったわけだし、高度成長のころまでは、働ける職場も限られていた。男女雇用機会均等法ができて社会進出が盛んになったのも最近のことです。近年女性が生きるための選択肢が増え、自由を獲得しつつあるということは言えると思います。

選択肢が増えたことによって、「自分を磨く」「自分を高める」みたいなマスコミ用語に、女性の関心が向いているんでしょう。語学を含む質の高い知識、情報や教養を持っている人のほうが有利だという社会常識ができつつあって、それがある種のムードになっています。

知識やスキルや教養を身につけるということなら、必要なのは女性だけじゃないですけどね。

以前にも似たようなことを言った記憶がありますが、そもそも「自分を磨く」って、何なんですかね。毎日お風呂で軽石でからだをこするわけじゃないですよね。この人は「本を買ったほうがいい」と言ってほしいのかな。でも、本を買えばそれで万事ＯＫではないわけです。

まず本は、買ったあとに、読まないと。

たしかに経済的に苦しいなかで買った本というのは、僕も学生のころはそうだったけど、ちゃんと読むことが多いんですけどね。

あと、どんな本を買うかも問題ですね。この人の興味が何にあるのかわからないけど、人間というのは、自分が興味のあるものしかなかなか読めないものです。「いい女になるための本」？　それって何ですか？　きっとプルーストとかドストエフスキーじゃないんでしょうね。

本を買うのはいいことだと思いこむのは、買うだけで満足しがちというリスクがあります。

服が必要なこともありますからね。梅雨時に冬物しか持ってなかったらムレたりするから、本ではなくて夏物の服を買ったほうがいいかもしれない。欲しい本があったら買えばいいし、服が必要だったら服を買えばいいのではないでしょうか。ただし、手持ちの1万円をどう使うか、というのは決してムダな悩みではないと思います。有効にお金を使うのは合理的な人生の第一歩ですから。

本か洋服かという問題ではなく有効にお金を使うことが大事なんです

新婚の友人は、共働きでとてもリッチ。結婚できるって勝ち組に見えます

年収300万円だった友人が結婚し、ダンナの収入と合わせて800万円に。貯金ができるようになったそうです。独身のまま、年だけとっていくかと思うと不安です。（35歳・サービス業）

便利だからたまに僕もつかうことがありますが、まず「勝ち組」「負け組」という区別は止めたほうがいいです。「勝ち」「負け」という組があって、そこ

に入るとか、入らないということではなくて、問題はその人個人が人生で成功するかどうか、幸せになるかどうか、ですから。

それをふまえた上で言うと、その友だちは年収500万円の男性と結婚したから合わせて800万円になったわけで、ニートと結婚した場合は、2人合わせて300万円になってしまう。いろいろなケースがあるので、いちがいには言えないんです。

合計800万円といっても、ひとりあたりにしたら400万円。300万円だったのが400万円になるのは大きいかもしれないし、だから貯金ができるということなんだろうけど、ラーメンを食べるときも、映画を観るときも2人分かかるわけだから、そんなに差がないとも言える。

単純に収入を足せばトクに見えるかもしれませんが、結婚には実家との折り合いとか、子どもが生まれたらその教育とか、大変なこともあります。結婚した人の良いところばかりを見て自分と比べるのは、合理的なことではありません。

不安だという気持ちはわかります。これから10年後も同じ仕事をして、同じ給料をもらっていたら、進歩してないということだから、ただ年だけとることになってしまう。だらだらと会社に行って、家に帰ってテレビを見て寝るだけだったら、どんどんオバサンになっていくだけです。

でもそうじゃない人だってたくさんいる。30歳から40歳になるまでには10年間という時間があるわけだから、やろうと思えばいろいろなことができます。それが何かは他人に教えられるものではなく、自分で考えないとわからないし、始めることができないんです。

結婚した人の良いところばかりを見て比べるよりも自分をどう進歩させるか考えたほうがいいでしょう

退職後、年金をもらえない間はどうやって生活したらいいのでしょう

定年は60歳。私たちの頃になると70歳からでないと年金がもらえないとか。その間はどうしたらいいのでしょう。(29歳・運輸)

年金の給付開始は60歳から65歳に移行しつつありますが、それが将来はさらに遅くなるのではないか、という話は、メディアにもよく出てきます。本当にそうなるのかどうかは、僕ではなく、安倍元首相や「産む機械」で有名になっ

た柳沢元厚労相に聞いたほうがいいんじゃないですか。

ただ、60歳から65歳の間の5年のギャップでも、しんどい思いをしている人は多いようです。生活保護に頼らなければならなくなるようなケースもあるらしい。「自分は恵まれてない、世の中にはすごく恵まれた人もいるみたいだけど」と、思う気持ちはわからないでもないけど、基本的に自分の身は自分で守るしかないのです。スキルを上げて60歳すぎても働けるようにするとか、貯金をするとか、ありきたりだけど個人的な努力をするしかない。

ただもうひとつ、僕も忘れがちなんだけど、政治を変えるという方法もあることはあるんです。もう少しヨーロッパ型の、税金はちょっと高くなるけど、それほど格差を生まない産業構造や雇用形態に変えていく。たとえばそういう主張をしている政党に、とりあえず1票を入れてみるとか。

1票を入れたからといって、確実に世の中が変わるのかというと、そんなことはありません。だから自分の身は自分で守るしかない。でも自分ひとりでは無理でも、何百万人かがまとまれば、自分の周囲のシステムや法律をパーにすることができる。そういった概念自体が、特に若い人から消えてしまったのではないかと思うので、あえてこう言うわけです。

スキルの獲得を9としたら、1ぐらい、政策を読んで、自分にプラスかどうかを判断するというのを考えてみてもいいんじゃないですか。

スキルや資格を
身につけた上で、
政治に興味を持つことも
大事です

第二章　仕事編

仕事は充実感を生み生活を支える

仕事に人生をささげてきた私ですがあっさり会社がつぶれてしまい……

残業や休日出勤にも耐えてきたのに……。うまく結婚・出産と両立させてきた人に比べると、悲惨な人生だと思いませんか。（35歳・企画営業）

これまで仕事に賭けてきた。それはそれでいいんじゃないでしょうか。決して悲惨な人生だとは思いません。仕事がないまま生きてきた人のほうが悲惨かもしれない。

その間に結婚・出産をした人と自分を比べているようですが、これは機会がなかったわけだから仕方がない。好きだった仕事をあきらめて、結婚、出産したけれど、だんながどうしようもないので離婚して、いま現在、子どもを抱えて苦労している人だってたくさんいます。自分の境遇に文句を言ったり、自分の選択を後悔しても、何もいいことはありません。

「一生懸命働いてきたのに……」という気持ちがあるのでしょう。残念なのはわかります。

ただ「一生懸命働いてきたのに、それがムダになった」と考えるのは間違いです。これまでマジメに働いてきたわけでしょう。それがムダになることはありません。ほかの会社を探せばいいじゃないですか。キャリアプランナーのような人に相談すれば、きっといい再就職ができると思います。

もちろん100%できるかどうかはわかりません。

でもそうやって、ウジウジと悩んでいるよりは、自分がどういうキャリアを積んできたかということを冷静に把握したうえで、どういうところに再就職すればいいかを検討したほうがいい。

これまでいた会社に対して怒るようなことでもありません。失業保険もでるでしょうし、勤めていた会社の倒産なんて誰にでも起こりうることなのだから、もっとあっさりと対応すべきです。

いま35歳ですか。これであと5年、会社が棺おけに片足を突っ込んだような状態で生き残り、40歳になって倒産したら、もっと悲惨なことになっているはずです。いっそ早めにつぶれてよかったじゃないですか。

勤めていた会社の倒産なんて
もっとあっさりと
受け止めるべきです

20代で転職5回の私。「ここは私のいるところじゃない」と思ってしまって……

クリエイティブな仕事にかかわりたくて、映像会社事務、SE、コンテンツ制作会社などを転々。すぐ辞めたくなります。（29歳・フリーター）

「私のいるところ」って、わかるようでまったくわからない表現の典型です。そして「クリエイティブな仕事」というのが曖昧《あいまい》でこれもよくわかりません。だいいち「クリエイティブな仕事」って、職種じゃないですからね。クリエイティブな仕事には、イラストレーターやデザイナー、作家とか、編集者、音楽家といったような具体的な職種があるだけです。

「これになりたい」という具体的な希望があれば、何かアドバイスすることはできるんですけどね。「かかわりたい」という言い方で、この人の希望はさらに曖昧になります。じゃあ出版社の社長の運転手でいいのか、ということになってしまうでしょう。具体的な職種を言ってもらわないと、答えることができないんです。

転職について言うと、ここ数年で社会全体に、「転職は善である」という認識が広がったような気がします。スキルアップは和製英語で、正確に言うとスキルデベロップと言うらしいですが、そういう言葉が定着して、ひとつの会社にずっといるのではなくて、自分のスキルを磨きながら会社を移っていくのはいいことなんだ、という考え方が一般的になってきた。

実際そういう人はいるし、転職をはばむハードルが下がり、選択肢が増えること自体はいいことだと思います。ただ一方で、「つまらないな」と思ったらすぐに辞めてしまう人が、転職は善だという風潮をいい訳に利用してるようなところがある。曖昧な動機で転職をしても得るものがない、という話を聞いたことがあります。キャリアプランナーのような転職のプロによると、「なぜ自分は転職するのか」をはっきりさせるのがもっとも重要だそうです。ヒントとして、「自分がやりたいこと」を文章にしてみるといいんじゃないでしょうか。転職の要因だけじゃなくて、生活に必要なファクターも書きだしてみる。「現在仕事において自分ができること」と「これから新しくやりたいこと」また「生活するために必要最小限やらなければいけないこと」を書く。「やらなければいけない」というのは、子どもを養うためには最低月にこれぐらいは稼がなければいけない、というようなことです。

書くことによって、曖昧だった部分がはっきりする。現状にグチを言う時間があったら、一度そうやって書き記してみたらどうでしょうか。

自分のやりたいことを具体的に
書きだすこと。
どうしていけばいいのか、
わかるはず

正社員のメリットがわかりません。ラクに金を稼ぎたくて、気楽なフリーターをしています

会社員になった友人は、毎日残業で忙しく、時給に換算したら数百円だとか。就職活動も大変だし、正社員になるメリットがわからなくなりました。
（26歳・フリーター）

まず、正社員にメリットがないというのは事実誤認です。
残念ながら現状の法律・制度では、簡単に辞めさせられないという意味でも、

年金にしても各種の保険にしても、正社員のほうが圧倒的に有利です。

あるいは、いまの会社を辞めて再就職するような場合でも、正社員の経歴は有利になります。

このことは事実なので、認めないと判断が狂います。フリーターがダメだということではないんです。やりたいことがあって、それに時間をさくために確信犯的にフリーターを選ぶというのも、それはそれでいい。正社員でなくても、たくさん稼げる営業の人などもいるにはいます。スキルがあるから、一生フリーターでやっていけるという人もいるかもしれない。でもそういう人は少数派です。

一方、正社員といっても、昔ほどは安定していないというのはたしかです。有名企業でも倒産する可能性はあるし、病気になるまで長時間の労働を強《し》いるひどい会社だってある。病気になるぐらいなら辞めたほうがいいに決まっています。

でも、ごく一部の非常に優秀なフリーターと、極端にひどい会社の正社員を比べても意味がない。一般的に言えば、正社員はフリーターに比べてはるかに恵まれています。『13歳のハローワーク』で、正社員だけが職業ではないと言ったこととは、まったくべつの次元の話です。こういう質問をするぐらいだから、この人も、このままフリーターを続けていいのかどうか、迷っているのでしょう。

そういうときに「正社員になんかなったって、いいことがない」と思うのは、現実逃避が含まれてます。正社員になること自体が、非常に、また無意味に見えるほど困難な時代だから、ついそういう思いを持ってしまったり、自己弁護しがちだけど、現実は直視しないとあとで後悔します。

もちろん人間は正社員になるために生きているわけではないし、好きな職種だったらアルバイトでもいいわけです。ただし、現状ではアルバイトや派遣や契約社員より正社員のほうがはるかに有利だという事実に目をつむってはいけないと思います。

正社員が有利だということを直視しないと、あとで後悔します

35歳、手に職なし。取り残された私はどうしたらいいですか？

これまでしてきたのは補助的な仕事ばかり。年収も低く、結婚相手もとくにいません。同世代の女性と大きな差がついてしまったような気が……。
（35歳・契約社員）

僕の妹は結婚して北海道の農家に行きました。農業は大変な仕事だけど、雄大な自然の中で暮らしています。昔からのんびりした子だったんです。親に

「勉強しろ」と言われても全然しないし、お風呂なんか2時間ぐらい入っている。僕はよく父親から「溺れてるかもしれないから見て来い」なんて言われました。そういう人を見ていると、妙に安心して気持ちがよくなることがあります。せこせこしてない、素敵な生き方だと思うんです。

一方で『カンブリア宮殿』で女性経営者と会ったり、企業の広報や秘書をしてる女性を見たりすることがあります。しゃきしゃきしていて、仕事ができそうな感じがします。きっといい大学をでたり、アメリカに留学したりしてたんだろうな、と思う。でもそういう人たちが圧倒的に幸せで、のんびり暮らしてる人が不幸せだとは思えないのです。

現代の社会を生きていく上では、女性にも男性同様、職業スキルが必要だと言われる。それは否定できないと僕も思いますが、ときには視点を変えることも必要ではないかという気がします。

35歳まで何もしないでのんびり過ごしてきたというのは、もしかしたら「追いつく」とか「追い越す」ということに、そもそも向いてないんじゃないですか。競争に向いてない人というのもいるんです。いまから焦って学校に行けばいいというものでもないし、焦る人だったら、もっと若いうちに焦ってるでしょう。

これまで案外ハッピーだったのかもしれない。そういえば自分はこういうときに幸福を感じる、というのがあれば、それでいいじゃないですか。「取り残された」とは思わないことです。「自分には何もない」ではなくて、「自分はのんびりと生きる人間なんだ」と思って、ちょっとペースをゆるめて考えてみてはどうでしょうか。これからのことを考えると、貯金ぐらいはあったほうがいいかもしれませんが。

のんびり生きるほうが
向いていると考えて
他人と比べるのは
やめることです

業務縮小のため、リストラされてしまいました……

気楽な契約社員だったのが、リストラされ、自信を失いました。「私っていったい何だったんだろう」と思ってしまって……。（29歳・無職）

「私って何だったんだろう」って言うけど、間違いなく「契約社員だった」わけですよね。契約社員である以上、契約が切れた時点で雇用は保証されない。これは仕方がないんです。

若い人の中にも、まだすり込みのようなものが残っているのかもしれないけど、日本の社会は、不景気になっても、またいつか景気は良くなるからといって、社員を解雇することはないという時代が続いてきました。バブル以前は、不景気だから解雇、という発想自体がまずなかった。労働者にとっては恵まれた環境でした。バブル崩壊の後、規制緩和だとか構造改革ということが言われて、リストラをすれば企業の株価が上がる時代というのが10年以上続きました。不況でもリストラしないという雇用制度は、いまはもうないんです。

それでも正社員の場合は、法的にはそう簡単に解雇できないようになっている。ところが契約社員や派遣社員というのは、新しい労働形態と言えば聞こえはいいけど、経営側にとってみると、いつでもクビにできる便利なシステムです。業績が悪くなれば、経営者は当然それを利用します。契約社員や派遣社員が力関係で弱いという事実は厳然としてある。

そういう状態を何とかしたいと言っても、何ともならない。共産党が政権をとったら少し違うのかもしれないけど、その可能性はゼロです。だったらまず、いまの自分の状況をどう変えたいのかを把握しない限り、展望は開けないでしょう。正社員になりたいのか、収入をもっと増やしたいのか。自分がどういうふうになりたいのかを自分で理解できないと、これからは難しいのかもしれない。せちがらい話ですが。

正社員になりたいのか、
いまの自分の状況を
どう変えたいのかを
把握することです

営業成績が悪い私に、上司が「そんなだから恋人もできない」と

上司は「そんなことでどうする」「給料下げるぞ」から、しまいには容姿のことまで批判してきます。営業の仕事にはやりがいを感じ、辞めたくはないのですが……。（27歳・営業職）

毎日そんなことを言われていたら嫌になるでしょうね。「そんなだから恋人もできないんだ」は、間違いなくパワーハラスメントでしょう。アメリカの会

社だったら裁判になると思います。勝てるんじゃないですか。ただ、現実には日本の中小企業の中で、上司を訴えるというわけにはなかなかいかない。録音テープを隠し持ってたりしたら、それだけで敵対してると思われちゃうだろうし。

順番として一番いいのは、その上司のことはちょっと放っておいて、少しでもいいから営業の成績を上げることじゃないかと思います。

商品やサービスの種類だけ、営業の種類があるとも言われているらしく、どうすれば成績が上がるかも、扱う分野によって違うのでしょう。ただ、飛び込み営業にしろ、コネクションを使った営業にしろ、ある種のテクニックであるとか、マニュアル化された部分というのはあると思うんです。それについては営業を扱ったビジネス書の類にも、参考になるものがあるんじゃないですか。営業そのものが嫌いなようではないし、毎日、実践をしてるわけだから、本を読んだり、人に聞くなりして得た知識が、役に立つんじゃないかと思います。とにかく結果をだして、その上司を黙らせてしまうことです。

もうひとつは気持ちの問題です。

基本的に、容姿のことをどうこういうような叱り方をする上司は、たいしたことのない人間です。営業の現場にいる人をやる気にさせるのが本来の仕事なのに、逆効果になることをしてるのだから、マネージャーとしてもまるでたいしたことがない。だから「たいしたことのない人間が、そんなことを言ってる」と思うことが、結構、大事なんじゃないでしょうか。むずかしいかもしれないけど、「バカがまた何か言ってる」と思うことです。

あと、そういうときに、「バカだよね」とグチをこぼせる友だちがいると、ずいぶん楽になるはずです。

まずその上司は
たいした人間じゃない。
営業成績を上げれば、
何も言えなくなるはず

派遣社員として、ルーティンワークをしていると不安になってきます……

仕事は一日中データ入力という単純作業。職場にひとりだけいる女性の正社員はイキイキ働いてるけど、派遣社員たちは「小さな幸せ」に満足してるだけのような気がして……。（25歳・派遣社員）

基本的に、日々データ入力をするという仕事に満足していないというのは、向上心がある証拠だから、とりあえずそれはいいことだと思います。そこまではいいのですが、その後の、正社員と一群の派遣社員とを比べて、正社員は何となく充実してるように見えるけど、派遣は単純労働で満足してるように見えるというのは、そんなにすぐ決めつけていいのかと思います。早合点なんじゃないですか。

僕はやったことがないけど、データ入力というのは単純な作業なんでしょう。それを嬉々としてやるのもヘンなのかもしれないけど、とくに入った当初は、まずそういう単純な仕事がきちんとできるかということも、たぶん評価の対象として見られているような気がします。

たしかに「単純すぎる」という気持ちもわかるのですが、「こういう単純作業はつまらない」と言うときに、一番かっこいいのは、その仕事を完璧にやってから言うことです。まったくミスがなく、他人よりも2時間早く終わらせてから言うのはわかる。でも間違いだらけで、他人より仕事の遅い人が「つまんない」と言っても、話になりません。

派遣社員をひとくくりにしてますが、ほかの人のことはどうでもいいじゃないですか。ひょっとしたらそうやって働きながら、夜は法科大学院に行って司法試験の勉強をしてる人がいるかもしれないし。いないかもしれないけど。この人が何をもって「小さな幸せ」と言っているのか、わからない。それでどうすればいいのかと言われても、武器をもって給湯室にたてこもるとか、そういうことじゃないでしょう。

この人は現状に不満があるのでしょうが、結局、何が嫌で、何を改善したいのかがわからないみたいですね。自分自身や自分がいまいる環境を向上させようと思っても、どこが嫌なのか、どこを変えたいのかをはっきりさせない限り、無理だと思いますよ。

自分を向上させるためには
いま何が嫌で、
何を改善したいのか
わからないとダメなんです

尊敬できる人がいない環境で働くのはツライと思いませんか?

イバりちらすお局《つぼね》を見ていると、ああはなりたくないと思う。ストレスがたまりまくりです!（26歳・保険会社）

仕事がないよりは恵まれています。で、そのオバサンのことが、神経がおかしくなりそうなぐらい気にくわなくて、時には食堂から包丁を持ち出しそうになるというなら、その会社を辞めたほうがいい。でも辞めて次の仕事を探すということになると、きっと考えてしまうでしょう。どちらを優先するかというだけです。ストレスがある、でも会社は辞めたくないというなら、それなりの対処方法を考えるしかない。

これは僕が会社勤めをしてないからかもしれないけど、同じ職場のオバサンが尊敬できるとかできないというのは、どうやってわかるんでしょう。

20年一緒にいる夫婦でも、相手がどんな人かわからないという人もいます。友だちでも、10年目で「あ、こういうヤツだったのか」と、新しい面を発見することはよくある。ある人がどんな人間かというのは、そう簡単にわかるものではありません。

第一印象で「この人、最低」と思ってしまうと、何から何まで嫌に見えるということもあります。極端な場合、一緒にプールに行って、クロールで息つぎをするときの顔を見たら、もうつき合うのはやめようと思うこともある。だいたい息つぎのときの顔って、変ですから。とくに恋愛の場合はこういうケースもあるのはたしかなんですが、一緒に仕事をするだけなんだから、決めつける必要もない。案外そのオバサンも、夏休みはカンボジアに行って、隠れて地雷除去をしていたのかもしれないし。地雷除去をすれば尊敬できるというわけではないですが。

もうひとつ不思議に思うのは、なぜ職場に尊敬できる人が必要なのかということです。尊敬できなくても、きちんと仕事をしてくれればいいじゃないですか。

そもそも「尊敬できない」と「近くにいると不愉快」は違う。ヘレン・ケラーにしてもマザー・テレサにしても、尊敬される人というのは、そうたくさんいないから歴史に残るんです。

そんなに深く
つき合ってもいないのに
なんで尊敬できないと
決められるのでしょう

ワーキングプアという人たちがいることを聞いて驚いています……

30代で仕事を辞めると、正社員の口がなくなるとテレビで言ってました。そうならないためには、どうしたらいいでしょう。（28歳・一般職）

働いても生活保護水準に満たない収入しかない人をワーキングプアと呼ぶそうです。「下流社会」にしても「ワーキングプア」にしても、マスコミは「こんなに悲惨な人たちがいるんですよ。何とかしないとね」という、古い文脈で一種の問題提起をしているわけです。

マスコミが大きくとりあげることで、そうではない人が「自分は違うんだな」と思ってホッとしたり、「そうなるかもしれないな」と思って不安がったりする。実際にそうなってしまった非常に貧しい人は、そもそもそんなテレビ番組は見ない。そんな構図じゃないですか。あまり意味があることだとは思いません。

現実に、貧しい人は多いし、増えています。国民健康保険の保険料を払えず、病気になっても病院に行けない人が増えているというような事実はいくつもある。そういう社会はやはり危険だと思います。でも最大の問題は、何とかしようとしても、国や地方自治体といった公共の部門にお金がないことなんです。で、この人は自分がワーキングプアになるのではないかと恐れているのですか。だったら社員のままでいればいいじゃないですか。社員だってリストラされるかも？　リストラされないように一生懸命、働けばいいんです。

　ワーキングプアよりもっとつらい状況の、たとえばホームレスのような人もいます。そういう貧富の差は、ほとんどの国にあるんです。きっと資本主義というのはこういうものなんでしょう。理想的な社会なんて、見渡してもない。どこだって大変そうです。

　だからあまり希望のあることは言えないし、曖昧に政府の政策に頼るようなことは、しないほうがいいと思います。

資本主義には
貧富の差がつきもの。
政府に頼らずに自分で
努力するしかないのです

結婚もしたい、子どもも欲しい。でもこの厳しい社会では働き続けるのは難しい？

結婚にも、子どもを育てるのにもお金は必要です。でも、厳しい社会のなかでは働き続けられるかどうか先も見えません。そう考えると、逆にまともに働く気が起きてきません。（26歳・出版）

まず、日本の社会システムが急激に良くなることはないと思うから、社会がどうなるという前提を立てて自分の人生を考えるのはやめたほうがいいと思います。

こういう人は多いのかもしれないし、僕も何となくは理解できるんだけど、もう少しディテールがわからないと、「そんなこと言わないで働いたら」とも「辞めたほうがいいですよ」とも言えません。

たまたまテレビを観ていたら、放送大学で心理学の先生が、「昔は近所の大衆食堂に行くと、うどんしかなかった」という話をしていました。

たしかに僕が子どものころは、デパートの食堂に行っても、せいぜいチキンライスとチャーハン、カレーライスぐらいしかなかった。

いまはどこへ行ってもものすごい数のメニューがあります。その中でカレーライスを食べるというのは、カレーライスを選んだということになる。豊かになるというのはそういうことです。

ただ、カレーライスを選ぶということはもう、うな重は食べられないということでもあります。「何かを選ぶというのは、何かを捨てるということなんです」というのが、その先生が言いたかったことです。

こういう質問をする人というのは、あまりそういうことを考えていないようなところがあります。

考えるのが面倒なのか、「そんなことは自分で考えろ」と言う大人がいないからなのかわからないけど、「あれも欲しい、これも欲しい」「あれもない、これもない」で、不安になったり、不満に思ったりしている。だいたい「自分はこうしよう」と思っていたら、「やる気が起きない」とはあまり言わないだろうしね。

何かを選んで何かを捨てるというのは、面倒と言えば面倒な作業です。

そういう意味ではうどんしかなかった時代のほうがラクなのかもしれない。

どうせすべてが手に入るわけではないのだから、この機会に何を選んで何を捨てるのか、考えるのもいいかもしれません。

社会がこの先どうなる、という
前提を立てて
自分の人生を考えるのは
やめたほうがいい

月曜日に会社に行くのがおっくうです。どう気持ちを切りかえたらいい？

会社に行くのがイヤになることがあります。村上さんは仕事がイヤになることはありますか？　そんなときはどうしますか？（29歳・一般事務）

僕は小説を書くのがイヤになることはありません。疲れているときなどに、面倒だなと思うことぐらいはありますが。

僕は睡眠時間をしっかりとらないとダメなほうで、寝不足だとすごく不愉快になるんです。「眠い、もっと寝たい、でも起きなきゃ」というときは、もう人生が暗黒のように思えてしまうんです。ただ最近、気がついたんですが、「あと2時間寝たい。絶対もっと寝ていたい」と、絶望感にさいなまれても、そういう暗い精神状態が一日中続くわけじゃないということですね。ひどい二日酔いとか、そういう場合をのぞけば、まぁゆっくりと、だんだんからだが目覚めていって、意外に何とか仕事もこなせるし、回復するものなんだと、50代半ばにしてやっとわかってきた。

「月曜の朝、会社に行きたくない」、それは、誰にでもあることではないでしょうか。まったくそういうことがない人のほうが異常で怖いかもしれない。『カンブリア宮殿』に登場する起業家の中には、とにかく仕事をしたくてしたくてしょうがなくて、朝一番にとび起きるというような人がいましたが、例外だと思います。

問題は「イヤになる」程度ですね。高熱がでたり、おなかがすごく痛かったり、めまいがしたり、血圧が急上昇や急下降したり、鼻血が止まらないなどの「症状」があるのだったら、休んだほうがいいです。それから、日を追うごとに行くのがイヤになっていって朝ベッドから起きあがれないというのは、これも「症状」なので、医者に行くか、セラピーに行くか、対処しないといけないでしょう。

それほどではなくて、朝起きたときはイヤでイヤでしょうがなかったけど、駅まで歩いたり、電車に乗ったり、同僚とお茶を飲んで話したりしているうちに、いつのまにかまた、いつものペースに戻っているというのであれば、たいていの場合、だいじょうぶなんだと思いますけどね。

朝起きたときはイヤであっても
1日を過ごすうちに気分が
晴れるということも
あるはずですよ

通勤時間が長いと近くに住んでいる人に比べてソンだと思いませんか？

仕事には満足していますが通勤に1時間半かかります。月収は20万円から18万円に下がりますが、近所で単純作業の派遣社員になろうかと考え中……。（26歳・出版）

仕事内容には満足している月給20万円の正社員と、あまり仕事も楽しくなさそうで月給18万円の派遣社員。ただし前者は通勤に1時間半かかり、後者には通勤時間がかからないというメリットがある。単純に比較するのは難しいと思いますが、どちらを選ぶかは人それぞれでしょう。「2万円でも給料が高いほうがいい」という人もいれば、「仕事は面白いほうがいい」という人もいる。それと同じように、「仕事場は家からの距離で決める」という人がいてもいいと思います。とくに体力的にきついと感じているようなケースではなおさらです。あくまで価値観の問題です。

ただしこういう選択をするときに「あれも、これも」というのは良くありません。自分にとって何が一番、優先順位が高いのかを決めて選ばないといけません。

満員電車で通勤するのが嫌だという気持ちはわかります。不快なのはもちろんですが、これまでは満員電車で通っていても、とりあえず給料が上がっていったり、ポストが上がっていったりしていたのに、何の保証もないばかりか、タダ働きで残業をさせようとしている。ばかばかしいと思うのは当たり前です。

ただ通勤時間がまったくのムダかというと、それもいちがいには言えません。電車の中ではずっと本を読んでサルトルを読破《どくは》したという人もいるでしょうし、通勤時間を利用して英語の勉強をし、英検の1級をとったという人もいます。

もしこの人が「ソンをしてる」と考えているなら、ムダに過ごしているということかもしれませんが。

あとは通勤時間がムダだと思っているにしろ、単純に身体の疲労度を考えてのことにしろ、転職を決めたら、絶対に後悔しないようにしないといけません。「もう決めたことだ」と開き直ってでもいいから、一度下した結論は、肯定的にとらえたほうがいいと思います。

長い通勤時間も
過ごし方次第で有意義に
使うことができるはず

要領が悪くて「仕事ができない」と言われてしまいます

事務の仕事でたまにミスしたり、それへの対応が悪かったりして、上司に叱られます。でも「仕事ができる」って、どういうこと？（27歳・商社）

「仕事ができる」というのは、仕事の数だけ、少しずつ意味が違うんだろうと思います。モノを売る仕事で「仕事ができる」というのと、大学の研究者で「仕事ができる」というのでは違うでしょう。お客からクレームが来たときにうまく対応できる人も仕事ができるし、手術がうまい医者も仕事ができると言われる。「仕事ができる」を最大公約数的に定義するのは、基本的に無理なんじゃないですか。

「要領がいい」というのも、すごく曖昧な言葉です。非常に効率的に仕事をするという本来の意味で使われることもあるけど、「あいつ要領がいいよね」と言うときには、自分のミスをごまかすのにたけてるとか、上司が怒ってるときになだめるのがうまいとか、やたらとおべっかを使うという意味でも使われる。

これらは仕事上の能力とは何の関係もありません。いまの社会ではごちゃまぜになって使われているけれど、「要領がいい」と「仕事ができる」は、同じではないでしょう。

この人はたまに仕事でミスをするそうですが、ミスは誰にでもあるんです。ミスをしない人間はいません。

僕が尊敬しているフランス料理のシェフのところには、修業をしたい若い人が、タダでもいいから働かせてくれと言ってくるらしいんです。彼は2回まではミスを認めるそうです。1回ミスしたら「ああ、そうか」。2回ミスしても「今度から気をつけろ」。でも3回ミスしたら、「お前は向いてないから故郷に帰れ」と言う。そういう世界もあるわけです。

ミスをしたときの対応ということで言うと、「自分はこういうミスをしました。これからはしません」ということを、上司なり何なりにはっきり伝えることが大事ですね。誰かが気がつくまで黙っていて、「お前がやったんだろう」と言われてから謝るのではなくて、手を挙げてでもいいから、「私がやりました。以後気をつけます」と言うと、ミスの頻度や程度にもよるだろうけど、何回かまでは許されるということじゃないですか。

要領がいいから
仕事ができるとは
一概に言えないでしょう

体育会系の人は、実際よりも仕事がデキるように見えてトクですね

私は昔から内向的な性格。会議で意見を言うときも、たとえ内容が良くても、小さな声でプレゼンする私より、歯切れ良くしゃべる体育会系の同僚のほうがよく聞こえます。(28歳・教育関係)

ミーティングで意見を聞くとき、僕はハキハキとほがらかに立派な態度でどうしようもないことを言う人より、小さい声できちんとしたことを言う人の話

を聞きます。

意見を求められたときは、内容が勝負でしょう。そうじゃないケースって、あるんですか。同じようなことを言うのだったら、声がよく通るほうが有利なのかもしれないけど。

どちらの意見をとるかは、会議の責任者次第です。でもべつに上司から、「君はすごくいい意見をいうから、もう少し大きな声でしゃべって」と言われたわけじゃないんですよね。この人も、自分のほうがいいことを言ってると、勝手に思ってるだけかもしれない。

「早稲田のラグビー部にいました」と言うと、「ガッツがあるんだろう」と思われて採用されたりすることがあったんだろうけど、いまはどうなんだろう。昔より減ってきてるんじゃないですか。早稲田のラグビー部はメジャーだから違うかもしれないけど、ただ体育会系だというだけで、人生が有利になるということはないんじゃないですか。

プレゼンテーション能力やコミュニケーション・スキルが問われるようになったけど、体育会系だからコミュニケーション・スキルがあるというものではない。つらい練習に耐えたのだから根性はあるとか、先輩に対する礼儀がなってるとか、そういうことはあるかもしれないけど、特別な能力がつくところじゃない。もちろん人によっては体育会系的な、ハキハキした人のほうが好きなのかもしれないけど、決定的な要因にはならないと思います。

気にくわない人のことを、体育会系のせいにしてるということはありませんか。体育会系出身の女性は姿勢がピシッとしてる？　だったら自分も背筋を伸ばせばいいじゃないですか。

体育会系だからといって
特別な能力は身につきません。
仕事がデキるように
見えるかよりも、
内容が勝負でしょう

50歳の叔父が窓際に追いやられて……。年をとると会社員はいらなくなるんですか?

外資系に勤める叔父は、昔は高給取りの営業マンでした。でもいまの姿を見てると、しょせん会社員は年をとると終わりかな、と思ってしまいます。
(25歳・フリーター)

叔父さんは昔風の営業マンだったのかもしれませんね。接待で銀座に飲みに行ったり、ゴルフに行ったり。いまの営業はコミュニケーションが大切だといわれ、そういうのはもうはやらないから、居場所がなくなったんじゃないですか。

50歳になってスミに追いやられる人というのは、割合としてはけっこういるのでしょうが、50歳になっても55歳になっても優遇されている人もまたたくさんいます。だから年をとったから終わりということはありません。

どんなに頑張っても時代に合わなくなる、というのはあるんです。コンピュータがいい例だけど、一生懸命プログラム言語を覚えても、それが古くなって使われなくなる、なんてことがある。そうかと思うと今度はインドからプログラマーがどっとでてきて、賃金の高い日本人が失業する、なんてことになる。

ただそんな中でも、新しいプログラムを開発する人というのがいて、そういう人は絶対に生き残る。ＳＥの中でもほんのひと握りの人が、そうやって努力して成功していくわけです。どんな業種でも似たようなことはあると思います。

問題はこの質問をしてきた人のほうです。この人も、50歳になったら日本のすべてのビジネスマンが窓際に追いやられるとは、本当は思っていないはずです。そして50歳になって、会社からぜひ必要だと言われるためには、すごい努力が必要だということも、どこかでわかってると思うんです。でもどういう努力をすればいいかわからないし、大変そうだな、というのがある。

それで「あんなに頑張って働いてきた叔父さんなのに、いまは恵まれていない。だったら努力してもしなくても同じだ」という考えに逃げ込んで、自分を安心させているんじゃないですか。

自分が不安なのはわかるけど、これはごまかしの典型です。不幸な例をひとつだけあげて、それを全部のモデルのように考えて重要な判断を下すのは危険です。

自分が努力しないことのいい訳に叔父さんの例を使うべきではありません

村上龍さんから見て、良い経営者、ダメな経営者って、どんな人？

嫌な経営者の下で働きたくありません。就職の面接の際、良い会社かどうかの参考にしたいので教えてください。（27歳・求職中）

そんなに会社を選べる立場なのかどうかがわかりませんが、最近は就職状況もだいぶ売り手市場に変わってきているみたいですね。入ったら入ったで、大変なのは変わらないと思いますが。

『カンブリア宮殿』のゲストの話を聞いていると、一般論としては、良い経営者の条件というのがいくつかあるようです。たとえば現場によく行く人。製造業でもサービス業でも、優れた経営者の人は、とにかくしょっちゅう工場や売り場に顔を出して、現場がどうなっているかを見ています。あとは社員とのコミュニケーションを大切にする人。これも良い経営者の条件と言っていいでしょう。

ただ、たぶんこの人が知りたいのは、面接を受けるのが良い会社かどうかなんだと思います。でも経営者がいいから、その会社が圧倒的に良い会社かというと、そういうものでもありません。また良い会社というのが、その人にとって働きやすい会社なのかどうかもわからない。そもそも面接でちょっと見るぐらいでは、良い経営者かどうかなど、なかなか見分けがつかないと思います。

そういえば産業再生機構の人が、良い会社かダメな会社かを、外から見分けるポイントをあげていました。掃除が行き届いていて、きちんと整頓されているところや、役員室などがなくて社員が自由に行き来しているのは良い会社だと言っていました。逆に、外部の人が入ってきたときに反応の無い会社や、役員フロアにふかふかの絨毯が敷きつめてあるような会社、あと社長の銅像が飾ってある会社は、あぶないらしいです。

社長を見て「ここが良い会社かどうか探ってやろう」と考えている暇があったら、まずその面接で受かるように努力をしたほうがいいんじゃないでしょうか。

良い経営者だから、
働きやすい会社だと
いうわけでは
ないのです

仕事もつまらなくてプチうつになるんです

わたしだけに限らず、職場にはうつっぽい人が増えているような気がします。このまま仕事を続けてもいいものか、悩んでいます。(27歳・一般事務)

神経症に限らず、カゼのようなフィジカルな病気もそうなのですが、一般的に病気というのは、プカプカと悪いものが浮かんでいて、それが体に乗り移ってきたような感じでとらえられることが多いと思うのですが、人間が病気の中に逃げこむという考え方もあるんです。これはひとつの例にすぎず、すべてにあてはまるというわけではないのですが、登校拒否の子どもがいて、うつ状態のように見える。彼はとにかく学校に行きたくないわけです。その子の血液を調べてみたら、血流が正常の3分の2しかなかったというのです。これは学校があまりにも嫌いで嫌いで仕方なかったから、体が反抗して病気になり、学校に行かないようにさせて回復させるのだ、と考えることができる。あるいは過労状態の人はカゼにかかることが多い。これもカゼになって休ませるんだ、と考えることができるわけです。人間の体にはそういう機能があると思う。

もしプチうつというのが増えているなら、やはり仕事や会社の人間関係に問題があるから、「ここはちょっと休みなさい」ということであったり、もう一回周囲を見回したり、将来のことを考えたりして、会社でいまのままやっていていいのかどうかを考えさせる方向にその人を導いていると考えることができます。だから一概に「もっと頑張れ」ということではなく、仕事はつまらないし、給料は安いし、家からは遠いし、周囲の男たちはゴミばかりだというなら、うつっぽくならないほうがおかしい。さっさと辞めることも含めて、考えたほうがいいと思います。

さっさと辞めることも含めて、考えたほうがいい

これからの働く女性が、幸せになるためにはどうしたらいいですか

私はハッピーな人生を送っていきたいと思っています。しかし、まわりの人と自分を比べて落ち込むことも多いのです。どうしたら「幸せ」を見つけることができるでしょうか。(27歳・会社員)

難しい質問ですね。

みんな「幸せになりたい」と言いますよね。でも、たとえば年収1億円で、

豪華な家があって、別荘もあって、家族がいて、「でも自分は不幸だ」という人がいるんです、たまに。一方、ホームレスだけど、「ちゃんとメシは食ってるし、おれほど幸せなやつはいない」という人もいます。

いい映画を観たり、おいしいものを食べたりしたときに誰かに話したくなるのは、自分はこういうことをやって幸せだということを、無意識のうちに自慢してるようなところがあります。みんな「誰かと比べれば自分はまだましだ」と思って生きているようなものです。年収1億円の人も、もっと高収入の集団と比べて「不幸だ」と思っているのかもしれないし、ホームレスはほかのホームレスと比べて「ましだ」と言っているのかもしれない。つまりここで言う幸・不幸というのはあくまで相対的なものだということです。

たとえばヨーロッパへ団体旅行で行って、とても楽しかったとします。エコノミーのパックツアーといっても、現在はいろいろなタイプのものがあるから、オペラが好きな人用とか、建築に興味がある人用とか、自分の好きなものを体験することができます。

ところが帰国して同窓会に行ったら、友だちが同じところへビジネスクラスで行っていて、そんな話を聞いているうちに、何か幸せでなくなってしまった……。本当はありえないはずなのですが、記憶すら変質させて、自分は不幸だと思っている人が多いのです。

自分はどういう状態だと幸せなのかがわからないと、いつまでたっても他人との比較の中でしか、自分が幸せかどうか判断できないのです。

結局みんな、「幸せというのはこんな感じだろう」と、テレビのコマーシャルのようなものとして思っているだけなんでしょう。おうちがあって、家族が一緒にいて、大きな犬がいて、みんな笑っている。そんなイメージです。

でもこれは新興宗教が「これが幸せですよ」と言っているのと同じなんです。

幸せというものを自分で把握できず、何となくさみしかったり、つらかったりしてフラフラしている人を狙って宣伝をしてるようなもの。宗教に限らず、メディアにしろ、企業にしろ、そういう「幸せ」を押しつけて、何かを買わせようとしているわけです。それをうのみにするのは危険です。

20年、30年と生きてくれれば、自分がどういうときによい気分になれるか、気持ちいいと感じられるか、だいたいわかると思うんです。

それをもとにして、「自分にとって幸福というのはこういうものだ」ということがある程度イメージできないと、幸福になりようがありません。

だから「これが幸せですよ」と言われると、フラフラとついていくしかなくなってしまうのです。簡単なことではありません。

自分で判断して選んでいくのは面倒でしょう。でも他人から「ああしろ、こうしろ」と言われて、そこそこの生活をするよりは面白い。人生ってそういうものだと思いますよ。

自分にとっての幸せ、をイメージできないと幸福にはなれないのです

第三章

恋愛編

他人のために恋愛するわけではない

結婚できる人は仕事を辞められていいですね

仕事が苦痛で早く辞めたいのですが、親は「結婚するまで許さない」と言います。結婚して仕事をする必要がない人はいいなと思うのは、甘いですか？（29歳・公務員）

親がダメだと言うから、結婚する相手も恋人もいないので、いまの仕事を辞められない、と考えているわけですか。何かヘンな質問なんだけど、どこがおかしいんだろう。

この人は、仕事を辞めたいのか、それとも結婚をしたいのか、ふたつにひとつと言われたら、どっちなんでしょうね。ふたつが不明瞭に重なり合っているのかもしれませんが、結婚した後もずっと仕事を続ける人もいるのだから、質問の意図がわかりにくいです。もちろん、結婚後に仕事を辞めたいのだとしたら、経済的に余裕があるなら何の問題もないし、とくに子どもが生まれたら、専業主婦のほうがいいという考え方の人もいます。

ただ、仕事は、辞めようと思えば次の日にでも辞められるけど、結婚したいと思っても、次の日に結婚することはできません。仕事を辞めるのはある意味で簡単だから、結婚相手を探すのが先決なんでしょうね。だから、結婚したいのだと自覚して、それを頭の片隅に置いて、出会いに敏感になりながら生きていくことですね、みたいな回答になってしまいますね。

でも、この人に「ようするに結婚したいってことですよね？」と聞いたら、どうなんだろう。ひょっとしたら自分でも何をしたいのか、わかってないような気もします。自分がいま置かれた状況が何となく気に入らないだけかもしれない。「いま自分は何をしたいのか」がわかっていない人は、決断の基準がないので、あれも嫌、これも嫌と、なってしまいがちなんですが、きっとそういう人は多いんでしょう。

だから必要なのは、「何をしたいのか」ということを、まず自分で確認することかもしれない。自分の希望と状況をきちんと把握しないと一歩を踏みだすのがむずかしいと思います。結婚したいけど相手が見つからない、という悩みなら、もっと具体的な答えがあるかも。「何をしたいのか」わからないという人はとても多い気がするんですが、そういう状態でただ年だけをとっていくというのは、かなりやばいです。あまり誰も言いませんけど。

「自分が何をしたいのか」
わからずにこのまま年だけ
とるのは危険です

出会いを求めておケイコとかしたいけど　お金もなくて

彼氏がいないので、おケイコをして出会いの場を作りたいのですが、積極的に行動することに尻込みしてしまいます。一人暮らし、手取り18万円のお給料では余裕もなくて……。(25歳・一般事務)

それは話の順序が逆ですね。男をさがすため、スキューバダイビングをしにモルジブに行くというのは主客転倒しています。もし本当にダイビングが好きだったら、ダイビングを通じて誰かと知り合う機会はあるはずです。

お金がなくておケイコが始められないというのはわかります。英会話の学校にしても高いですからね。いいことか悪いことかはべつにしても、東京生まれで両親と同居している人は、生活の心配もないし、アルバイトをしたお金で習い事に行くことは簡単にできる。実際恵まれている人もいっぱいいると思うんです。外の人間と交流することが多い仕事だってある。証券会社に勤めていたら、お客さんの男性と知り合うことは多いはずです。株式投資をしようという人は、とりあえずお金持ちでしょう。あとは自分に技術があると出会いの可能性は高くなる。フランス料理の勉強をしてレストランに勤めていたら、どうしてもお客さんと出会うじゃないですか。その一方で出会う機会がないという人がいる。そうやって考えると、出会いというのも人間にとってひとつの資産のようなもので、それが多い人と少ない人の間に、格差が現われているような気がします。

職業による格差もあるし、都会と地方の間の格差もある。それが10年前より露骨になってきたということでしょう。

人脈もひとつの資産として、格差が現われている気がします

身体の相性が合わないと愛は深まらない？

付き合っていた彼氏から、セックスがよくないから別れたいと言われてしまいました。やはり男性にとってセックスというのはそんなに大事なのでしょうか。（26歳・派遣社員）

「相性が悪いから『別れたい』」と彼に言われたというのは口実の可能性もあります。本当は顔が嫌いだから別れたいのだけど、そうも言えないから身体の相性のせいにしたとか。よく離婚の理由でも「相性が悪かった」「価値観が違う」という言い方をしますが、要は嫌いだということです。そんな彼とは絶対上手《うま》くいかないから、別れたほうがいいと思いますよ。

これは僕の意見ですが、身体の相性なんてほとんどないです。個人的に、たとえば体重250キロの女性とは相性がよくないかもしれない、というのはあります。あるいはキューバに行くと、黒豹のように綺麗な肉体を持つ女性がいて、これはちょっとつき合うのは無理だな、と思ったりはしますが。

男性にとってセックスというのは、非常に大事なものではあるけれども、それがすべてではないです。たとえば性的に未熟だから嫌われる、なんてことはまったくないと思いますよ。逆に女性はそんなに男を喜ばせたいんでしょうか。

昔、「男を喜ばす」などと言うのは娼婦で、ふつうの女性は恥ずかしい、はしたないという感情が先にたって、そんなことは気にもしなかった。それだけ情報量が増えたということですが、セックスなんて自分たちのやり方ですればいいと思うんですが。

大事だけどそれがすべてじゃありません

30歳になったけど未婚のまま。将来が不安なんですけど……

このまま年をとっていくのかと思うと、憂鬱になってしまいます。こういう社会で、年をとるということに、どう向きあっていけばいいのでしょうか？（30歳・営業）

でも、ずっと25歳だったら大変ですよ。
よく「老化に向き合う」と言うけど、鏡を見て向き合ってもしようがない。

年は自然にとっていくものですから。

年をとるとどうなるかというと、具体的には体力がなくなっていくんです。歯が抜けたり、老眼になったり、筋肉の量が落ちていく。向き合わなくても、どんどん落ちていきます。そのことを自覚して、どう対応するか、でしょう。それは「無理をしない」ことしかないと思います。若いころにはやれていたことができなくなるのだから、睡眠時間を多くとるとか、物忘れがひどくなるから、メモ帳をつくるとか。

でもこの方が聞きたいのは、きっとそんなことじゃないですよね。たぶん「年をとっても大丈夫」とか「もっと楽しいことがある」と、言ってほしいということではないか。年寄り向けの雑誌はそんな記事ばかりだからね。成熟社会というのはこういうものなのかもしれないけど、僕が若いころの感覚で言うと、異常です。結論を言うと、そんなことはありえません。年をとってすべてが悪くなるわけではないが、良くなることもない。その人が生きてきたぶんだけ、ハッピーなこともアンハッピーなこともある、というだけです。

たとえばあなたが50歳になったとします。社会にでてから30年近く、もし、いい仕事をしてきたなら、周囲のリスペクトや人的なネットワーク、経済力がついているかもしれない。いい家庭を築いてきたら、最低限、信頼できる家族がいる。ミもフタもないけど、それだけのことです。50歳になったら空がぱっと晴れて、神様に祝福されるなんてことはありえない。

ただ、確実に体力は落ちているわけです。若い頃のような気力の充実もないだろうし、「楽しけりゃいいや」とも思えなくなる。そのとき、安らげる家庭もないし、信頼できる友人もいない。社会から尊敬もされてないし、金もない人というのは、どうやって生きればいいのだろう。誰も言わないけど、つらいと思います。

年をとってすべてが
悪くなるわけではないが、
良くなることもない

私はオバサンになりたくないんです

年をとるのがこわいです。私はオバサンになりたくないのですが、努力して自分を高めたら、オバサンにならずにすみますか。（25歳・接客業）

オバサンという存在は、いろいろあるので一概には言えませんが、特徴があるとすれば、他人の話を聞かないことですね。レストランでオバサンたちが集まって話をしているのを30分ほど聞いていると、「そうなのよ」とか言いながら、他人の話は聞いてないのがよくわかる。自分の言いたいことだけ言って、「そういえば」なんて言って勝手に話題を変えたりしているし。

また、20代でも女子高生からオバサン呼ばわりされることもあるし、姪から見たら、みんな「おばちゃん」です。年をとるのは仕方ないし、おばさんと呼ばれるようになるのも仕方がないことです。

努力をして自分を高めるというのもよくわからないですね。僕は物心ついてから、自分を高めたいと思ったことは一度もありません。ただ「オバサンになりたくない」というときの「オバサン」とは、自分が一番嫌いな中高年女性のメタファー、象徴として使っているわけだから、たとえばオバサンのどこが嫌いなのか、ということです。それが「他人の話を聞かないところ」なら、聞くようにすればいい。それをただ「オバサンになりたくない」というと、すごく抽象的だから、結局具体的な努力もできず、「自分を高める」みたいな話になってしまう。具体的に「こうはなりたくない」というのがあって、初めて「そのためにはどうすればいいか」という話になるんです。

「自分を高めたい」という人が集まると、最後は目の前の仕事を一生懸命やろう、みたいな話になるそうですが、それはそれで健康的ですばらしいと思いますよ。

オバサンのどこが具体的にイヤなのか、を考えるべきだ

顔も頭も大してよくない私ですが玉のコシにのれるでしょうか?

手取り20万円足らずのひとり暮らし。こんな生活が続くかと思うと……。このままでは一生「下流社会」から抜け出せそうにありません。(28歳・メーカー)

小泉元首相が「統計上、格差は広がってない」と言ったけど、格差というのは文化的な側面もあります。「贅沢《ぜいたく》な暮らしをしてる人がいるけど、自分には

「一生縁がない」という思いは、なかなか数字で表わせないもので、実際にそう思っている人は多いだろうし、大きな問題だと思います。

ただ、格差意識の危険性はよくわかるのですが、解決は簡単ではありません。六本木ヒルズとか、オシャレなレストランとか、豪華な海外旅行とか、ブランド品とか、そういったものが人生の幸福のすべてだと決めると、貧乏人は永遠に不幸だということになります。ただし、贅沢はむなしいもので本当の価値はべつにあるというのは嘘です。

おいしいものを食べるのは気分のいいものだし海外旅行に行くならファーストクラスのほうが楽に決まってるし、ホテルだってきれいなほうがいいんです。ただし、それだけではないということです。ではそのほかに何があるんだろうとなるわけだけど、現時点では、何もないことになっています。メディアがほかの価値観を示していないっていうか、示し方が間違っているので、何もないんです。

格差の問題でいつも思うのは、テレビで見た伊勢志摩の海女《あま》のお婆さんです。誰よりもアワビをとるのがうまくて、ふだんは腰が曲がっているけど、水に潜《もぐ》るとシャキンとしている。彼女はどう見てもハッピーな人生を送っています。だからといって海女になればいいというわけでもないので、そこがむずかしいんです。要は、六本木ヒルズに象徴される価値観の奴隷となるかどうかだと思います。

次に玉のコシですが、金持ちの男と結婚したいということですね。昔なら、料理や裁縫《さいほう》や手芸を習ったんでしょうが、いまだったら、教養や語学、つまり広い意味のコミュニケーションスキルということになるのかもしれないですね。ブランドで身を飾るのは経済的に無理だし、整形も金がかかって、しかもバレたときに逆に嫌われるかもしれないというリスクがある。コミュニケーション能力のスキルアップというと、環境などのNPOに参加してみるとか、たくさん本を読むとか、外国語をマスターするとかですが、その動機が「玉のコシ」でもいいんじゃないですかね。お金はそれほどかからないし。仮に玉のコシには乗れなくても、得るものがあるかもしれないですから。

教養や語学習得への動機《どうき》が玉のコシでも、それはそれでいい

最近、人生にダイナミックさがなくなった気がします

学生時代はテニスのサークルに入り、刺激も多かったのに、いまは毎日が同じことのくり返し。働きバチのようで空《むな》しいです。（27歳・小売）

学生のときにダイナミックに遊んでいたからそういうハメにおちいった、とは考えられないでしょうか。学校というのは本来、勉強するためにあるもので、ダイナミックな生活を送るためのものではないのですから、そもそも前提が間

違っているような気がします。

学生という身分になったことがあまりないのでよくわからないのですが、大学でテニスのサークルに入ることがそんなに刺激的なのでしょうか。

学生生活というのは、2年なり4年なり、子どもではないけれども社会には出ていない、よく執行猶予《しっこうゆうよ》と言われるような状態です。仕送りやバイトでそこそこのお金があり、かつ自由に使える時間は社会人よりある。だから「青春を謳歌《おうか》しろ」とか「そういうことができるのは学生のときだけだ」とか言われて甘やかされるわけです。でもその言葉を真《ま》に受けて、夏は海に行って、冬はスキーに行って、お酒を飲んで騒いで、男とエッチをしたり別れたりして、それはそれでいいかもしれないけど、その結果、働きバチのような生活になってしまったと言われても、誰も責任はとってくれません。

僕は学校自体も嫌いでしたが、そういう雰囲気も嫌いでした。大人の社会から管理された自由、という感じがしてつまらなかったのです。

社会人だから日々が単調だということはありません。家と会社を往復しているだけだけど、毎日がとても面白いという人もいます。仕事にそれなりの充実感があって、信頼できる家族や友人がいて、健康で日々を過ごせたら幸福だと考える人はたくさんいます。

ようは社会人の生活がダイナミズムに欠けるのではなく、この人の生活がダイナミズムに欠けているということでしょう。そんなにテニスが楽しかったのなら、また始めればいいじゃないですか。

社会人になってもダイナミックな
生活を送っている人は
たくさんいます

理想の男性と出会いたいんだけど、どうやって見つけたらいいんでしょうか？

彼氏が一度もできたことがありません。理想の男性を追い続けているうちに30歳になってしまいました。どうすれば理想の男性に出会えますか。

（30歳・販売員）

その前に、「理想の男性」とか「理想の女性」とか、あるいは「理想の結婚」とか「理想の愛人」について、なぜみんな知りたがるのか、ということのほうが不思議です。たとえば「理想の人間」というものを考えてみると、「なんだ、それ?」というふうになりませんか。モスレム（イスラム教信者）の人々にとってはマホメッドが理想かもしれないし、イランのシーア派の人たちにとってはホメイニが理想かもしれない。それぐらい「理想の人間」というのはイメージしにくいものだというのは、みんなわかっていると思う。それなのになぜ「理想の男」や「理想の恋人」「理想の結婚相手」を定義したがるのかが不思議なんです。

昔は高身長・高学歴・高収入というのがあったけど、この人は、どういう条件の人がいいんでしょうか。

女性が理想の男性像を知りたがる要因として、ひとつにはやはり安心したいという気持ちがあるからでしょう。「安心したい」というのにもふたつのアプローチがあって、ひとつは「そういう人だったらいいのね」というのと、もうひとつは「そういう人はどうせ手に入らないから、適当なところで間に合わせればいいんだ」というもの。

時計に喩《たと》えると、たとえば理想の時計が500万円で売っていたら、それをモデルとしてそれに準じたものを買うという人もいるだろうし、どうせ買えないのだったらあとは20万円でも1万円でも同じだから楽だと考える人もいる。いずれにしてもスタンダードが崩れてきた証拠で、個別に選ばなきゃいけないことに対する戸惑いと不安があるのでしょう。

ただ結局は好きずきですから。世界一高い山はエベレストに決まっているけど、世界一の時計は何かなんてわからない。ましてや人間なんだから。終身雇用がなくなり、この会社の人だったら安心できる、この学校の出身者だったら安心できるというのはなくなった。社会状況の変化とともに、結婚前は優しくてお金もある人だったのに、酒を飲むと暴力をふるうとか、実家の母親の前ではお母さんの言いなりになるとか、そういうケースがあることも知られるようになってきた。だから戸惑いや不安があるのは確かだろうけど、基本的に選ぶのは自分なんだから、雑誌から安心感を得ようというのは間違っているんじゃないですか、こんなこと言うとミもフタもないけど。

理想の男性？　なんだそれ？

最近の男性はおごってくれませんよね。ケチが多いと思いません？

ご飯でも飲み会でも、昔は男が払うのが当たり前だったらしいですね。男性がいくら払ってくれるかが女の魅力のバロメーターだと思うけど？（27歳・営業アシスタント）

男がおごってくれるかどうかが女の魅力のバロメーターだと考えるなら、それは自分に魅力がないってことですよね。この人とはワリカンだった男も、べつの女にはおごっているかもしれないし。

それを男の甲斐性《かいしょう》のなさのせいにしているわけですが、見方を変えると、自分には魅力がないと、自分で告白しているだけ、ということになります。

飲み会というのはグループでやるわけですよね。そこで男がおごらないというのは、しみったれているからなのか、払いたくなかったのか、微妙なところだと思います。いまの給与体系や雇用の現状を考えると、20代や30代で自由に使えるお金をふんだんに持っている男は極めて少ないと思われます。

現実的にあまりお小遣いを持ってない男の側からすると、飲み会の顔ぶれを見た瞬間、「これはワリカンだ」という場合があるのもごく自然な気がするんです。この顔ぶれでワリカンでなかったら、今月必死に働いたのはいったい何だったんだ、みたいなことは、当然あると思いますよ。

男が払うのが当たり前というのは、せいぜい高度成長期とか、そのくらいまでしょう。

女性の雇用が極端に限られていて、サラリーにもはっきりした差があった時代です。

そういった時代のなごりで、食事やお酒をおごるかわりにお酌をしろとか、歌をうたえとか、ちょっとだけ触らせろとか、そういう間違った甘え合いが喜ばれたのではないでしょうか。

ぼくは基本的に、男がおごるとか、逆に女も払うべきとか、そういうことじゃなくて、よりお金を持っているほうが払えばいいと思いますよ。

ぼくも学生のころはよく年上のお姉さんにおごってもらったりしたけど、いまは仕事上、男も女も年下とつき合うことが多いので必ずおごるハメになります。でもその場でいちばんお金に余裕があるのが自分なので、しようがないと思っています。

何の利益もないと思ったら男性だってお金払いませんよ

彼氏が画家を目指してフリーターに。「お金がない」とグチるようになり魅力がなくなった感じがします

得意な絵で受賞歴もある彼は夢だった画家の道に。でも最近はヒマなのか会いにくることも多く、面倒を見切れないと感じています。（26歳・接客業）

彼がどんな賞を取ったのか、どれほどの才能がある人なのかもわかりませんが、芥川賞を取っても小説では食えなくて講演会やエッセイや賞の選考委員で

稼ぐだけという作家もいるくらいだから、絵の場合も、作品が高く評価されてしっかりした画商がつくような人でないと、お金にならないのは仕方がありません。

それはそれとして、話を聞く限りでは、もしかしたら彼は画家に向いてないのかもしれません。売れるかどうかはべつにして、その人が画家に向いているんだったら、そんなには落ち込まないし、グチも言わないと思うんです。一日中、絵を描いていられるのだから、逆にイキイキとしてくるはずですけどね。同じことをずっとやっていても、まったく飽きることがないというのが、才能なんです。

たとえ売れなくても、貧乏していても、家から勘当されても、女と別れても、刑務所に入っても、病院に入院しても、画家はずっと絵を描いているものなんです。腹が減ったとか、誰も自分の絵をわかってないと叫んで酒を飲み荒れたりすることはあるかもしれないけど、それでもずっと絵を描くんです。

だから絵を描くことに没頭して、会う時間が減ってしまった、というのならわかるんだけど、その男はしょっちゅう会いに来るわけでしょう。何か変ですよ。だから向いていないのかなと。ひょっとしたらもう絵はやめて、会社員に戻ったほうがいいんじゃないかな。

夢を追うのをあきらめるって、そういう言い方がよくわからないんです。夢を追いかけてどうするんだろうとよく思います。

何かを望む場合、たいてい夢ではなくて現実なんです。

夢なら「夢が破れました」で済むけど、現実はそうはいかない。だから「夢を追いかける」という言葉は甘えなんです。

希望がない社会だから、そういう言い回しがはやるんでしょう。面倒見切れないなと思ったら、いっそのこと別れたほうがいいかもしれないですね。

絵を描いてても
楽しくないのであれば
向いていない
ということなのでは？

お金持ちの男と、性格は合うけど貧乏な男、どちらを選べばいい？

サラリーマンと、年下のフリーター。どちらとつき合うのが有利でしょう。親からは、本当に好きな男性と結婚しなさいと言われています。(27歳・家事手伝い)

性格が合うというのがそもそも僕はわからないんですよね。幼稚園のころから僕はイヤな人とはつき合ったことがないし。「性格が合う」とは話が合うということなのかな。一緒にいても疲れないというのとは違うんでしょうね。一緒にいると病気になってしまうくらいだったら、そもそもつき合うことができないだろうし。それで、収入の違いが月収30万円と10万円？　微妙ですね。

この人はふたりの中から好きなほうを選べる立場なんだと思っているようですが、本当にそうなんですかね。どちらにしようか迷っているということは、どちらもそんなに魅力がないということじゃないですか。どうしようもない男を2人も抱えてしまっているという視点も必要なんじゃないでしょうか。

どちらにしても、贅沢な悩みだとは思えないです。

お金持ちだといっても、全然大したことないし、もう1人の貧乏な男にしても、それほど好きじゃないから迷っているわけでしょう。

結論としては「勝手にどうぞ」ということですが、まあ無理に一般的なアドバイスを考えると、つき合っている候補者が2人いて、どちらか1人を選ばなければいけないというようなケースを考えると、「どっちがいいか」ではなくて、「どっちがイヤか」も重要だと思います。

赤の他人どうしが長くつき合うわけだから、いいことばかりがあるわけがない。長くつき合うと、その人のいろいろなところが見えてくるようになります。つき合い始めのころは可愛いと思った仕草なんかも、それがいつしか死ぬほどイヤだと毛嫌いするようになったりと、そういう変化は多々あります。それがどの程度まで、許容範囲かというのは大問題です。

「性格が合う」というのがよくわからないのは、そういう意味もあります。つまり性格が合うなんて言っても、要は、相手の良い部分を見ているだけかもしれないわけです。

いつしか相手のイヤな部分も見えてきたときに、どちらがより嫌いか、というのは重要なポイントだと思うんですけどね。

どっちにしようかな、
ということは
どっちもそんなに
魅力がないってことでしょう

恋愛してないと死ぬほどさみしい。どうしても耐えられません……

同棲していた恋人と別れました。死ぬほどさみしくて、ひとりで生きていくことに耐えられそうにありません。さみしくならない方法はありますか。
（28歳・出版）

まずさみしいとか、孤独であるという感情は、動物にはないでしょう。そういう感情が起こるメカニズムは簡単ではないみたいです。馬なんかを見ていると、生まれてからすぐに立ち上がって走り始めますが、人間の場合は、放っておかれたら死んでしまうような、不完全な状態で生まれてくる。一人前になるのに20年もかかったりする。

最初の半年ぐらいは歩けもしないし、お母さんに抱かれているわけですが、やがてハイハイができるようになり、歩けるようになると、母親から離れていく。このとき赤ちゃんには、すごい喪失感があるそうです。そのことと関係があるのかもしれません。

ただ、人間が生きていくためにはこの喪失感が必要で、それがわからないとなかなかひとりで生きていくのが難しい、と言う心理学者もいます。要するに子どもはそこで、「この世の中というのは思い通りにいかないものだ」ということを、身をもって学ぶわけです。そのことをきちんと学んでいないと、たとえばストーカーになったりすることがある。何でも思い通りになると思っているのですから。自分が好きになった人から嫌われることもあるし、人間関係がうまくいかなくなることもあるというのを理解しないと、「あの女はおれのことを嫌っているけれど、本当は好きに決まっている」というふうになってしまう。

誰かと一緒に住まないで、ひとりで生きていくことはだいたいみんな耐えているじゃないですか。本当に耐えられない人は、身体的に病気になったり、精神的におかしくなってしまったりする。この人も含めて、多くの人は「耐えられない」と言いながら耐えているわけだから、アドバイスのしようがありません。

さみしくならない方法は、あります。

さみしくならないように、世の中のすべてのものがあるんです。映画を観ている間ぐらいはさみしいとは思わない。だから映画館がある。泳いでいる間はさみしいと思わないよね。だからプールがある。本もペットもテレビも家庭菜園も、みんなそう。NGOで紛争地域に入ったら、さみしいもへったくれもなくなります。「もうさみしくておかしくなりそうだ」というような感情を中和するためにすべてがあるのだから、それを利用すればいい。

さみしいという感情自体は、不自然なことではないんです。

でも、みんな「耐えられない」とか言いながら耐えてるじゃないですか

転職して年収1000万になった彼。性格が変わって勝ち組ぶるようになりました

性格が明るくなる一方、貧乏な会社員を見下すように。たまのデートでも、高い服を着ていて、私は卑屈に……。そろそろお別れかなと思います。
(27歳・総務)

年収300万円から年収1000万円になったというのは、転職では成功例と言っていいでしょう。成功を装《よそお》うことを「勝ち組ぶる」と言うのだから、彼

のことを「勝ち組ぶる」と言うのは間違っています。次に、性格が変わったと言うけど、どう変わったんですかね。まさか暗くなるわけはないから、要は明るくなったということですよね。宝くじに当たるだけでも、誰だって明るくなるでしょう。500円玉を拾っただけでも、僕なんかハッピーになりますけどね。

300万円と1000万円では、可処分所得《かしょぶんしょとく》、使えるお金の額がまるで違います。それでまったく変わらない人というのは、よほど鈍感か、変わり者じゃないでしょうか。

アキ・カウリスマキという監督の映画で、ものすごく貧乏な芸術家と一緒になった女の子が、「息苦しい」と言って出ていくシーンがあります。部屋は狭い、食べるものはパンだけ、ワインもない、デートは散歩だけ、お金がないというのは息苦しいものなんです。生活保護も受けないし、餓死はしない程度のお金があっても、1日に使えるお金が決まってしまうのは、息苦しい。

その制約がなくなったら、ハレバレとした気持ちになって、性格はともかく、態度ぐらい変わるのは当然です。で、たとえば前にいた会社の人のことを、「かわいそうだよな、あんな給料の低い会社で」みたいなことを言う。これは見下しているというより、事実なんだから仕方がない。つい優越感から、見下すようなことを言ってしまうことがあるのかもしれないけど、それもまあ、許されるんじゃないですか。

たまにしかデートができないのは忙しくなったからかもしれないし、高い服を着ているのは、お金ができて、むしろ彼女に敬意を払ってのことかもしれない。

どこが問題なんでしょうか。ひょっとしたら問題は彼ではなくて、自分のほうにあるのかも。貧乏なほうが安心できるのは、自分を頼ってくれる、と思えるからかもしれない。もっと自信を持ってもいいんじゃないでしょうか。卑屈になる必要なんかないです。

自由にできるお金が増えれば性格が明るくなって当然です

彼氏よりも収入のある私。彼はすごく気にしてイヤミを言ってくるんです

ときどき私に「仕事を辞めてほしい」というようなことも言います。収入へのコンプレックスってそんなに大きいのでしょうか。（28歳・マスコミ）

これはけっこう大きい問題かもしれない。

アメリカ映画などでも、こういうシチュエーションがよくあります。ふだんは年収の違いなんか気にしてないカップルなんだけど、疲れたときなどに、ロ

ゲンカになるとつい「稼ぎが少ないとバカにしてるだろう」とか「そんなこと言うヒマがあったらもっと金を稼いだら？」なんてやり合って、それで離婚してしまったりするわけです。

じゃあ彼女が仕事を辞めればいいかというと、低い給料のほうに合わせたら、今度は生活が成り立っていかない。彼がどんなグチやイヤミを言うのかわからないし、きっと聞いているとイヤになるようなことなんだろうけど、お金に関するコンプレックスがあるということは、やはり理解してあげてほしい、と思います。

「勝ち組」「負け組」みたいなことが言われて、正社員や派遣というように、働き方にもいろいろな種類ができたというのは、これまでの日本社会にはなかったことです。経済格差が大きい社会の中で男と女がつき合えば、どうしても女性のほうが収入が高いということも起きてくる。

でも、そのときにふつうの顔をしていられる男というのは、ちょっと変だと思ったほうがいいです。「彼女の年収は2倍だけど、そんなのべつにどうってことないよ」と言う男は、よほど自信があるのか、無神経で傲慢《ごうまん》なのか、どちらかでしょう。ちょっと恥ずかしいとか、面白くないと思うのがふつうです。

そういう場合は、男はプライドが傷ついているということをまず理解したうえで、「わたしの仕事のことをそういうふうに言わないでほしい」というようなことを、つまり文字通り、not your business ということですが、率直に話し合う。

じつは収入の違いだけじゃない、ということもあるんでしょうね。

たとえば彼女のほうが名の通った企業にいるとか、かっこいい仕事をしているとか。ただ収入に比べたら、これは大した問題ではない。一流といわれる企業、有名企業にいるほうが偉いとかいうのは、単なる誤解ですから。そんなことを気にするのはおかしいと、女性は思ったほうがいいし、男性にもそう言ってあげたほうがいいと思います。

収入の差を気にしない男がいたらそちらのほうが変じゃないですか?

最近、生きることに虚しさを感じるのです……

ふと、「人間は何のために生きているんだろう」と思ってしまいます。こんなことを考えているのはわたしだけでしょうか。他人と比べても、自分は悩みが多い気がします……。（26歳・広告）

それはギリシャ時代からみんなが考えてきて、いまだに答えがわからない問題です。ということは、あまり考えても仕方がない、と。

考えるのが悪いという意味ではないんですよ。だらだらと生きてないからそういう疑問がわいてくるのだから、疑問を持つ人は、きわめて正常な神経の持ち主だと思います。「虚しい」と思うから、そう思わないように仕事に励んだり、人を好きになったり、音楽を聴いたりする。

僕も若いころ、そういう気分になったとき、信頼できる人から「うだうだ言ってないで、うまいものを食べてぐっすり寝てみろ」と、言われたことがあります。当時はお金もなかったので、せいぜいカツサンドか何かを食べて、昼寝をしたら、意外と元気になりました。それで虚しさが消えるかどうかはべつにして、きちんと食べて寝るというのは、ひとつの出発点にはなります。

何度も言いますが、悩みを持つことは正常なんです。「自分に悩みがあることが異常なんじゃないか」と考えてしまうのがよくない。悩みというのはあまり他人に見せるものではないので、よくわからないけど、50年生きてきた経験で言うと、たいていの人は悩んでいます。エディ・マーフィーだって、たぶん私生活では悩んでいる。

ただ、ロナウジーニョは悩んでないかもしれない。ボブ・サップもそうは見えませんね。スポーツ選手が生きることの意味なんか考えないように見えるということでいうと、からだを動かしてみるのもいいですね。

たとえば春なら、散歩でもするとか。散歩をしながら、桜は何のために咲くのかを考えても、答えは誰もわからない。でもキレイだからいいか、という感じになればいいと思うんです。

「よし、生きていくぞ」と思う必要はないけど、「まあ、こんなもんでいいか」と思えたら、それでけっこう救われるんじゃないでしょうか。

50年生きてきた経験で
言うと、たいていの人は
悩んでいます

ハゲとかデブとか、男はコンプレックスをどのくらい気にするものなの?

男性に対して「これは聞いてはいけない」というものはありますか? 年収もコンプレックス? 合コンとかで「○○クンって、年収350万円くらい?」って冗談めかして聞いてもダメですか? (23歳・フリーター)

ハゲの人はどのくらい「ハゲ」と言われると怒り出すか? 半世紀以上生きてきた作家としてお答えしますが、それはわかりません。

コンプレックスというのは、その人の個人そのものの領域に属しているものだから、太っているとか、髪が薄いということに関してどれだけコンプレックスを持っているかは、他人には絶対わからない。その話題になっただけで怒る人もいるでしょう。だから「身体的なことはあまり言わないほうがいいんじゃないか」ぐらいのことしか言えません。

年収も人それぞれですが、だいたい女性が男性に「年収はいくらですか」と聞くのは、どういうシチュエーションなのでしょう。合コンで冗談っぽく？ そのくらいはいいんじゃないですか。そんなことを聞いて怒られたらイヤだと言われても、それはちょっと自分勝手です。

そこまで言って男が怒るのかどうかで悩んでいるのかもしれないけど、自分の年収が低いかどうかで悩んでいる男のほうがはるかに大変なのだから、わざわざ言わなくてもいいんじゃないですか。

たしかに「勝ち組、負け組」というように、収入についてあけすけに語られることが増えたから、他人の年収を聞くことについて昔より抵抗が少なくなったというのはあるかもしれない。でも初対面で年収が話題になること自体、すごい話だと思います。当たり前だけど、「これを言ったら相手は気にするかな」と思うようなことは、基本的には言わないほうがいいんじゃないですか。

半世紀以上生きてきた
作家としてお答えしますが、
それはわかりません

彼が非常に淡白です。セックスレスってどうして起きるんですか

つき合っている彼氏とのセックスが3ケ月に1回くらいしかありません。淡白で、愛されている自信がいまいち持てないのですが、セックスレスってどうして起きるのでしょう。(29歳・公務員)

知り合ってどのくらいかにもよりますね。結婚して30年だったら別に不自然ではないでしょう。でも知り合ったばかりだったら、ヘタをしたらほかでやっ

ているのかもしれない。いや、そういう可能性もある、ということです。

あるいは「ほうき」かもしれませんよ。「ほうき」というのは一度セックスしてしまうと、もうその女性とはやる気が起きない。ただ自分勝手なダメな男というわけではなくて、そこにはいろいろな要素が複雑に絡み合っているんです。

たとえば非常に女性を崇拝していて、自分みたいな男とは絶対セックスはしてくれないだろうと思っている。ところが実際にセックスをすると、「この女は自分とセックスするような人間なんだ」と思ってしまい、次からは何もできないんです。それが昔の色町の言葉で「ほうき」と呼ばれ、もっとも嫌われる男だったらしい。要するにひと口に淡白といっても、そこにはいろいろなタイプがあるわけです。

ただ人生が洗練されてくると、ガツガツとセックスなんかしなくなるという傾向はあると思います。ある地方で3日間停電したら、1年後に子どもがたくさん生まれた、という話を聞きました。でもほかに楽しみがたくさんあると、男と女が出会えば必ずセックスをするということもない。逆にセックスがないから愛情がないとも思いません。そうかといってよそよそしいのは良くないから、寝る前にはキスをするとか、そういう欧米風の暮らしになっていくかもしれません。

人生が洗練されてくると、
ガツガツした
セックスをしなくなる
傾向があります

あまりに余裕がなく働いていると婚期を逃したりしませんか?

忙しい私を見て、母は「結婚もせず、自分は何をやってるんだろうと、そのうち思うようになる」だって。仕事だけでは充実感は得られない?(27歳・広告代理店)

仕事と結婚を、対立するものとして考えるのはちょっと違う。
たぶんお母さんの時代には、たとえば大企業に勤める安定したサラリーマンと結婚することが、女性にとっていちばん楽な、バラ色のゴールだというイメージがあった。そういうすり込みだけがいまでも残ってるんです。

でもいま、20代後半や30代前半の男性で、「この人なら一生安泰」というのは、まず絶対数が少ないです。その年代で、仕事ができて、収入もまあまあで、人間的にもとりあえずOKという男は残念ながら、「予約済み」ということが多いです。

子どもを産むにも金がかかるし、子どもを育てるのはもっとお金がかかる。いじめなど教育環境を考えて私立にやろう、そのために塾に通わせようとなると、必要なお金はハンパじゃないわけです。姑との同居問題とかもあるし、ほかのお母さんたちとのつき合いもあって、育児ノイローゼになったという人もいる。結婚して専業主婦になるというのが、いまは必ずしもバラ色のゴールではないという認識が主流になっています。

それに、でもやはり結婚したいということになっても、仕事をしていたほうが、男と知り合う機会は多いんじゃないでしょうか。

昔風にお茶やお花、料理を習っても、男と知り合うのはむずかしいです。花嫁修業って死語ですからね。合コンという手もあるけど、コンパより、仕事を通じて知り合ったほうが、どんな男かわかるのではないでしょうか。

仕事が楽しくて充実しているのだったら続けたほうがいいと思います。

ただお母さんとケンカするのも疲れるので、「はいはい、そのうちね」と明るく笑ってごまかせばいいんじゃないですか。

仕事を一生懸命
やっていたほうが
いい男と出会う
チャンスも
多いのでは？

仕事と恋愛のバランスをとるのが難しいんだけど、男性もそうなのかな?

夜8時、9時までサービス残業をさせられます。忙しくて彼に会う暇がないし、たまに会えても仕事のストレスを彼にぶつけてしまうのです。男性は仕事と恋愛のバランスをどうやって取っているのでしょう。(30歳・総務)

以前、衰退産業といわれる業種で働いている若い人たちと連続して座談会をしたことがあって、その中である信託銀行に勤めている女性の話を聞く機会がありました。とても優秀そうな30代前半の独身のキャリアウーマンでしたが、家に帰れるのは早くて11時。「あと1時間早く帰れるなら、年収が100万円下がってもいい」と言っていました。

何十倍という競争率をくぐり抜けて会社に入ったのに、すごい量のサービス残業を押し付けられる。休みの日も疲れていて何もできない。しわ寄せはとくに若い人に向かうから、とりあえず時間がないという悩みを抱えている女性が多いのはよくわかります。企業はリストラでぎりぎりまで人件費を落としているから、9時から5時までで「はい、さようなら」と言える人はあまりいないでしょう。OLなんて会社に遊びに行っているようなもの、というのは昔の話。少しぐらい失業率が下がっても、こういう状況は変わらないと思います。

男性だって昔に比べると雇用条件は悪くなっていると思いますよ。「仕事と恋愛を両立させる」などと、言ってる段階ではないかもしれません。男の場合、「仕事か恋愛か」というより、「仕事」という言葉が出た瞬間に、もう「生きていくのが大変」という感じになってしまう。とても仕事と恋を割り切っていられるとは思えません。

カーッと酒でも飲んでリラックスできたらいいんだろうけど、明日の朝が早かったりすると、それもできないから、難しいですね。

仕事が気に入っていないし、私には彼がいるからいっそのこと辞めて結婚したいという女性がいるのは何だかわかるような気もするな。そういう人はバンバン子どもを産んで、この国の少子化に歯止めをかける。それはそれでいいんじゃないかと思います。

カーッと酒でも飲んで、発散できたらいいけど、翌日も朝が早かったりしますからね

ドラマのような幸せな結婚をしたいんです。どうすればできますか？

周りの友達がどんどん結婚していき、母親にもせかされます。つき合っている彼氏はいないのですが、私の夢はドラマのような幸せな結婚をすることです。どうすればいいですか？（29歳・契約社員）

たとえば人間の形をしたアンドロイドがいて、顔も自由に変えられる、チップひとつで性格も頭の良さも自由自在になるとしたら、どんな人と結婚したいか考えてみれば簡単です。心も自由になると仮定して、「国連のアナン事務総長みたいな人」とか、「長嶋茂雄みたいな人」とか、それらを足したような人とか、何とでもなる。

でもそれだとたぶん飽きてしまうような気がしませんか。反応が最初からわかっている人なんておもしろくないでしょう。男もそうです。顔はこういう感じで、プロポーションは上から87、58、95とか、性格的には余計な文句は言わないなどと女性像をつくっていっても、面白くもなんともない。不満があったり、行き違いからちょっとした口喧嘩になったり、「この人の言ってること、わからない」と思ったりするのも、一種のコミュニケーションだから。

こうやって説明していくと、たぶんたいていの人はわかってくれるのに、それでもあえて「理想」を持ち出すのはなぜか。「理想の結婚」なんて、つい30、40年ぐらい前までは言わなかった。だって結婚するためにアルゼンチンまで行ったりしていたわけだから。もちろんそのほうがいいと言うわけではありませんが。

ただし「理想の結婚」には、コマーシャリズムの影響が大きいというのはあります。住宅や鍋物のツユのコマーシャルには、15秒だけ楽しく笑っている家族が出てくる。先端的な仕事をしているお父さんと、いちおう教養がありそうなお母さん、私立の幼稚園に行ってそうな子どもがいて、何が楽しいのかみんな笑っている。それに何となく憧れてしまう。

こういうコマーシャルが始まったのは50年代のアメリカで、コカ・コーラが最初の商品だった。実際に政府も推奨したアメリカン・スタイルの幸せというのが定番としてあって、それは有色人種があまり入ってこないような郊外の一軒家に住み、そこには芝生とテレビと車があって、子どもが2〜3人いる、という生活。

問題は、ああいうのを見ていると「楽しまなければいけない」と思うようになることです。コマーシャルやドラマに代表されるような、社会と世間が提供する「幸せ」や「理想」というモデルには、惑わされないほうがいい。

たぶんみんなの中には、自分よりハッピーに生きている人がいるんじゃないかという強迫観念のようなものがあると思う。実際そういう人はたぶんいるのだろうけど、別に他人のことだから、いいんじゃないかと思うんだけど。

社会と世間が提供する「幸せ」や「理想」。そんなものは、幻想にすぎない

あとがき

「人生は金じゃない」と言う人は多いが、「金がすべてだ」と明言する人もいる。「いくつになっても恋をしているのがベスト」などとテレビで発言するおばさんがいたりするが、雑誌には「仕事のキャリアは何より大事」みたいなことが書いてあったりする。たぶん、ほとんどの人が幸福になりたいと思っているが、「幸福の定義や条件」は示されることがない。

どのくらいお金があれば幸福だと言えるのか？　お金がなくても幸福になれるのか？　と子どもに聞かれたら、世の大人たちはどう答えるのだろうか。恋をしていなければ幸福ではないのか？　幸福ではない人生は失敗なのか？　と若い女性に聞かれたら、人生の先輩はどう答えるのだろうか。

バブル崩壊以降、ぱっとしない経済状況と、改革、改革と、念仏のように政治家が唱え続けても結局何も変わらなかった社会状況と価値観の中、多くの若い人たち、特に若い女性たちに、あきらめに似たネガティブな気分が生まれているような気がする。この先どうあがいても自分の人生はこれ以上はよくならない、心のどこかでそう思っている人が大勢いるように思える。

将来自分の人生はきっと今よりもよくなるだろう、という思いを、わたしたちは「希望」と呼ぶ。希望は、簡単に手に入るものではない。それに、日本のような成熟社会では、希望は、国家や会社から与えられるものではなく、信じたり念じたりすれば手に入るようなものでもない。「勝ち取る」というようなものでもないし、探していればそのうち見つかるというものでもない。人はあるとき、自分自身の希望に、「出会う」のだ。希望との出会いの、ささやかなヒントを示せないだろうかと、この本を作った。タイトルの頭にある「それでも」という接続詞には、いろいろな意味を込めたつもりだ。この本に収められたQ&Aから、ささやかなヒントを見出すことができれば、あなたは自分自身で、「希望の芽」と出会うことができるかも知れない。

村上龍　4 MAR 08　横浜

本書は
雑誌「ＳＡＹ」連載「あなたにしかできない恋愛」（2004・2〜2004・12）
「お金に好かれる女　仕事で磨かれる女」（2006・9〜2007・4）と
『私は甘えているのでしょうか？　27歳・ＯＬ』（青春出版社刊）
をもとに再構成してまとめたものです。

〈著者紹介〉
村上龍　1952年生まれ。76年「限りなく透明に近いブルー」で第75回芥川賞受賞。「コインロッカー・ベイビーズ」で野間文芸新人賞を受賞。「好き」を切り口に職業を紹介した『13歳のハローワーク』は120万部を突破するベストセラーに。2005年「半島を出よ」で野間文芸賞、毎日出版文化賞を受賞。

GENTOSHA

それでもわたしは、
恋がしたい　幸福になりたい　お金も欲しい
2008年3月25日　第1刷発行

著　者　村上 龍
発行者　見城 徹

発行所　株式会社 幻冬舎
〒151-0051 東京都渋谷区千駄ヶ谷4-9-7

電話:03(5411)6211(編集)
03(5411)6222(営業)
振替:00120-8-767643
印刷・製本所:中央精版印刷株式会社

検印廃止

Printed in Japan
ISBN978-4-344-01480-0 C0095
幻冬舎ホームページアドレス　http://www.gentosha.co.jp/

この本に関するご意見・ご感想をメールでお寄せいただく場合は、comment@gentosha.co.jpまで。